Sir Arthur Conan Doyle
(1859-1930)

Sir Arthur Conan Doyle nasceu em Edimburgo, na Escócia, em 1859. Formou-se em Medicina pela Universidade de Edimburgo em 1885, quando montou um consultório e começou a escrever histórias de detetive. *Um estudo em vermelho*, publicado em 1887 pela revista *Beeton's Christmas Annual*, introduziu ao público aqueles que se tornariam os mais conhecidos personagens de histórias de detetive da literatura universal: Sherlock Holmes e dr. Watson. Com eles, Conan Doyle imortalizou o método de dedução utilizado nas investigações e o ambiente da Inglaterra vitoriana. Seguiram-se outros três romances com os personagens, além de inúmeras histórias, publicadas nas revistas *Strand*, *Collier's* e *Liberty* e posteriormente reunidas em cinco livros. Outros trabalhos de Conan Doyle foram frequentemente obscurecidos por sua criação mais famosa, e, em dezembro de 1893, ele matou Holmes (junto com o vilão professor Moriarty), tendo a Áustria como cenário, no conto "O problema final" (*Memórias de Sherlock Holmes*). Holmes ressuscitou no romance *O cão dos Baskerville*, publicado entre 1902 e 1903, e no conto "A casa vazia" (*A ciclista solitária*), de 1903, quando Conan Doyle sucumbiu à pressão do público e revelou que o detetive conseguira burlar a morte. Conan Doyle foi nomeado cavaleiro em 1902 pelo apoio à política britânica na guerra da África do Sul. Morreu em 1930.

LIVROS DO AUTOR PUBLICADOS NA COLEÇÃO **L&PM** POCKET

Aventuras inéditas de Sherlock Holmes
O cão dos Baskerville
A ciclista solitária e outras histórias
Dr. Negro e outras histórias de terror
Um escândalo na Boêmia e outras histórias
Um estudo em vermelho
A juba do leão e outras histórias
As melhores histórias de Sherlock Holmes
Memórias de Sherlock Holmes
A nova catacumba e outras histórias
Os seis bustos de Napoleão e outras histórias
O signo dos quatro
O solteirão nobre e outras histórias
O último adeus de Sherlock Holmes
O Vale do Terror
O vampiro de Sussex e outras histórias

ARTHUR CONAN DOYLE

Um Estudo em Vermelho

Tradução de ROSAURA EICHENBERG

www.lpm.com.br
L&PM POCKET

Coleção **L&PM** POCKET, vol. 82

Texto de acordo com a nova ortografia.
Título original: *A Study in Scarlet*

Primeira edição na Coleção **L&PM** POCKET: 1998
Esta reimpressão: abril de 2024

Tradução: Rosaura Eichenberg
Capa: Ronaldo Alves
Revisão: Ruiz Renato Faillace, Renato Deitos, Fernanda Lisbôa e Lia Cremonese

ISBN 978-85-254-0811-2

D754e Doyle, Arthur Conan, Sir, 1859-1930.
    Um estudo em vermelho / Arthur Conan Doyle; tradução de Rosaura Eichenberg. – Porto Alegre: L&PM, 2024.
    192p. ; 18 cm. – (Coleção L&PM POCKET)

    1. Ficção inglesa-Romances policiais. I.Título. II.Série.

CDD	823.72
CDU	820-312.4

Catalogação elaborada por Izabel A. Merlo, CRB 10/329.

© da tradução, L&PM Editores 1997

Todos os direitos desta edição reservados a L&PM Editores
Rua Comendador Coruja, 314, loja 9 – Floresta – 90.220-180
Porto Alegre – RS – Brasil / Fone: 51.3225.5777 9

PEDIDOS & DEPTO. COMERCIAL: vendas@lpm.com.br
FALE CONOSCO: info@lpm.com.br
www.lpm.com.br

Impresso no Brasil
Outono de 2024

Sumário

PARTE 1

O sr. Sherlock Holmes 9
A ciência da dedução 21
O mistério dos Jardins Lauriston 36
O que John Rance tinha a dizer 53
O nosso anúncio atrai uma visita 64
Tobias Gregson mostra o que sabe fazer 74
Luz na escuridão 88

PARTE 2

Na grande planície alcalina 103
A flor de Utah 118
John Ferrier fala com o Profeta 129
Fuga pela vida 137
Os anjos vingadores 151
Continuação das reminiscências de
  John Watson MD 165
Conclusão 182

PARTE 1

*Reedição das Reminiscências de
John H. Watson, MD, ex-membro do
Departamento Médico do Exército*

Capítulo 1

O sr. Sherlock Holmes

No ano de 1878, obtive o título de Doutor em Medicina na Universidade de Londres, e fui então a Netley a fim de fazer o curso prescrito para os cirurgiões do exército. Depois de completar meus estudos naquele hospital, fui devidamente incorporado ao Quinto Regimento dos Fuzileiros de Northumberland como Cirurgião Assistente. Na época, o regimento estava postado na Índia, mas antes que pudesse me juntar a ele, irrompeu a Segunda Guerra Afegã. Ao desembarcar em Bombaim, fiquei sabendo que minha unidade tinha avançado pelos desfiladeiros e já se encontrava bem dentro do território inimigo. Segui, porém, com muitos outros oficiais que estavam em situação igual à minha, e consegui chegar são e salvo a Candahar, onde encontrei meu regimento e logo passei a exercer minhas novas funções.

A campanha proporcionou honras e promoção a muitos, mas para mim não trouxe senão infelicidade e desgraça. Fui afastado da minha brigada e incorporado aos Berkshires, com quem lutei na batalha fatal de Maiwand. Ali fui atingido no ombro pela bala de um *jezail*,* que me esmigalhou o osso e roçou a artéria subclávia. Eu teria caído nas mãos

---
* Fuzil afegão longo e pesado. (N.T.)

dos *ghazis** assassinos, se não fosse a dedicação e coragem demonstradas por Murray, meu ordenança, que me jogou sobre um cavalo de carga e conseguiu me levar a salvo até as linhas britânicas.

Alquebrado pela dor e enfraquecido pelos reveses prolongados que experimentara, fui removido, num grande trem de feridos, para o hospital base em Peshawur. Ali me reanimei, e já tinha melhorado a ponto de poder caminhar pela enfermaria do hospital, e até lagartear um pouco na varanda, quando contraí febre tifoide, essa praga das nossas colônias indianas. Durante meses estive desenganado, e, quando por fim recuperei a consciência e comecei a convalescer, estava tão fraco e emaciado que uma junta médica determinou que não se deveria esperar nem mais um dia para me mandar de volta à Inglaterra. Assim, fui despachado no navio-transporte de tropas *Orontes*, e desembarquei um mês mais tarde nos molhes de Portsmouth, com minha saúde irremediavelmente arruinada, mas com a permissão de um governo paternal para passar os próximos nove meses tentando melhorá-la.

Eu não tinha nem amigos, nem parentes na Inglaterra. Estava, portanto, livre como o ar – ou tão livre quanto me permitia uma renda de onze xelins e seis *pence* por dia. Fui naturalmente atraído para Londres, essa fossa para onde escoam irresistivelmente todos os desocupados e ociosos do Império. Ali fiquei por algum tempo num hotel particular no Strand, levando uma vida sem conforto e sem

---

* Guerreiros muçulmanos veteranos. (N.T.)

sentido, e gastando o dinheiro que tinha com muito mais liberalidade do que deveria. Tão alarmante se tornou o estado das minhas finanças que logo percebi que tinha de abandonar a metrópole e ir para algum lugar no campo, ou alterar completamente meu modo de vida. Escolhendo a última alternativa, comecei pela decisão de sair do hotel e me instalar num domicílio menos pretensioso e caro.

No mesmo dia em que cheguei a essa conclusão, estava de pé no Criterion Bar, quando alguém me bateu no ombro, e virando-me reconheci o jovem Stamford, que fora meu auxiliar de enfermagem em Barts. A visão de um rosto amigo no grande deserto de Londres é realmente algo agradável para um homem solitário. No passado, Stamford nunca fora um companheiro muito querido, mas agora o saudei com entusiasmo, e ele, por sua vez, parecia feliz em me ver. Na exuberância da minha alegria, convidei-o para almoçar comigo no Holborn, e partimos juntos num cabriolé.

– O que anda fazendo da sua vida, Watson? – me perguntou sem disfarçar o espanto, enquanto chocalhávamos pelas ruas apinhadas de Londres. – Você está magro como uma vara e moreno como uma castanha.

Eu lhe dei um breve relato das minhas aventuras, e mal o terminara, quando chegamos a nosso destino.

– Pobre diabo! – disse ele, demonstrando compaixão, depois de ouvir as minhas desgraças. – O que está fazendo agora?

– Procurando um lugar para morar – respondi. – Tentando resolver o problema de saber se é possível conseguir um lugar confortável a um preço razoável.

– Estranho – observou meu companheiro –, você é o segundo homem a me dizer a mesma coisa hoje.

– E quem foi o primeiro? – perguntei.

– Um sujeito que está trabalhando no laboratório químico lá no hospital. Ele estava se lamentando hoje de manhã, porque não achava ninguém para dividir com ele uns quartos agradáveis que tinha encontrado e que eram muito caros para o seu bolso.

– Por Deus! – gritei. – Se ele realmente quer alguém para dividir os quartos e as despesas, sou exatamente o homem que está procurando. Prefiro ter um companheiro a morar sozinho.

O jovem Stamford me olhou um tanto estranhamente por sobre seu copo de vinho.

– Você ainda não conhece Sherlock Holmes – disse –, talvez não queira tê-lo como companheiro constante.

– Por que, o que há contra ele?

– Oh, não disse que haja alguma coisa contra ele. Tem ideias um pouco excêntricas, é entusiasta de alguns ramos da ciência. Que eu saiba, é um sujeito bastante decente.

– Um estudante de medicina? – disse eu.

– Não... não tenho ideia do que ele pretende fazer. Acredito que seja muito versado em anatomia, e é um químico de primeira categoria. Mas, que eu saiba, nunca frequentou nenhum curso médico sistemático. Os seus estudos são muito irregulares e excêntricos, mas ele acumulou uma quantidade de conhecimentos incomuns que espantaria seus professores.

– Você nunca lhe perguntou o que pretendia fazer?

– Não, não é um homem de quem seja fácil tirar informações, embora seja bastante comunicativo quando lhe dá na telha.

– Gostaria de conhecê-lo – disse. – Se vou ter de dividir a residência com alguém, prefiro que seja com um homem estudioso e de hábitos quietos. Ainda não estou bastante forte para tolerar muito barulho ou agitação. Já tive uma boa dose de ambos no Afeganistão, suficiente para todo o resto da minha vida. Como é que eu poderia conhecer o seu amigo?

– Deve estar no laboratório – respondeu meu companheiro. – Ele não aparece no lugar durante semanas, ou então trabalha lá da manhã até a noite. Se quiser, vamos até lá juntos depois do almoço.

– Certamente – respondi, e a conversa seguiu por outros canais.

Enquanto nos dirigíamos ao hospital depois de sair do Holborn, Stamford me forneceu mais alguns detalhes particulares sobre o cavalheiro que eu me propunha a aceitar como companheiro de residência.

– Você não deve pôr a culpa em mim, se não se der bem com ele – disse. – Nada mais sei a seu respeito do que as informações que colhi ao conhecê-lo casualmente no laboratório. Foi você que propôs esse arranjo, por isso não me julgue responsável por isso.

– Se não nos dermos bem, será fácil nos separarmos – respondi. – Tenho a impressão, Stamford – acrescentei, olhando firme para meu companheiro –, que você tem alguma razão para lavar as mãos a esse respeito. O temperamento desse homem é assim tão formidável ou o quê? Não fale com tantos rodeios.

– Não é fácil exprimir o inexprimível – respondeu rindo. – Holmes é um pouco científico demais para o meu gosto, chega perto da insensibilidade. Posso imaginá-lo dando a um amigo uma pitada do último alcaloide vegetal, não por maldade, sabe, mas simplesmente pelo desejo de investigação, para ter uma ideia precisa dos efeitos. Para lhe fazer justiça, acho que ele próprio tomaria a pitada com a mesma presteza. Parece ter uma paixão pelo conhecimento definido e exato.

– Com toda a razão.

– Sim, mas pode ser excessiva. Quando implica bater com uma vara nos cadáveres da sala de dissecação, essa paixão está certamente tomando uma forma um tanto bizarra.

– Batendo nos cadáveres!

– Sim, para verificar até quando é possível fazer feridas depois da morte. Eu o vi com meus próprios olhos.

– Mas você diz que ele não é estudante de medicina?

– Não. Sei lá quais são os objetivos de seus estudos! Mas chegamos, e você deve formar a sua própria impressão do sujeito. – Enquanto falava, entramos num beco estreito e passamos por uma pequena porta lateral que dava para uma das alas do grande hospital. Era terreno familiar para mim, e não precisei de orientação, enquanto subíamos a sombria escada de pedra e percorríamos o longo corredor com sua galeria de paredes caiadas e portas pardas. Perto do fim, uma passagem baixa em arco se desviava do corredor e conduzia ao laboratório químico.

Esse era uma câmara espaçosa, forrada e juncada de inúmeras garrafas. Mesas largas e baixas estavam espalhadas ao redor, apinhadas de retortas, tubos de ensaio, e pequenas lâmpadas Bunsen com suas chamas azuis tremulando. Havia apenas um estudioso na sala, inclinado sobre uma mesa distante absorvido no seu trabalho. Ao ouvir nossos passos, ele olhou ao redor e levantou-se de um salto com um grito de prazer.

– Descobri! Descobri! – gritou para meu companheiro, vindo ao nosso encontro correndo com um tubo de ensaio na mão. – Descobri um reagente que é precipitado pela hemoglobina, e por nenhum outro elemento. – Se tivesse descoberto uma mina de ouro, o prazer não teria brilhado com mais força sobre as suas feições.

– Dr. Watson, sr. Sherlock Holmes – disse Stamford, apresentando-nos.

– Muito prazer – disse ele cordialmente, agarrando minha mão com uma força de que não o teria julgado capaz. – Você esteve no Afeganistão, pelo que vejo.

– Como é que sabe disso? – perguntei espantado.

– Não importa – disse ele, rindo para si mesmo. – A questão agora é a hemoglobina. Sem dúvida, você compreende o significado dessa minha descoberta, não?

– É interessante, quimicamente, sem dúvida – respondi – mas na prática...

– Ora, meu caro, é a descoberta médico-legal mais prática em anos. Não compreende que ela nos dá um teste infalível para as manchas de sangue? Venha aqui! – Na sua ansiedade, ele me agarrou pela manga do casaco e me levou até a mesa onde estivera trabalhando. – Vamos conseguir um pouco de sangue fresco primeiro – disse, enfiando uma longa faca no seu dedo, e colhendo a gota de sangue resultante com uma pipeta química. – Agora, acrescento essa pequena quantidade de sangue a um litro de água. A proporção de sangue não pode ser mais do que um em um milhão. Mas não tenho dúvida de que vamos ser capazes de obter a reação característica. – Enquanto falava, jogou no recipiente alguns cristais brancos e depois acrescentou algumas gotas de um fluido transparente. Num instante, o conteúdo assumiu uma cor de mogno escuro, e uma poeira amarronada foi precipitada para o fundo do recipiente de vidro.

– Ah! Ah! – gritou, batendo as mãos e parecendo tão deslumbrado como uma criança com um brinquedo novo. – O que você acha disso?

– Parece ser um teste muito delicado – observei.

– Beleza! Beleza! O antigo teste do guáiaco era muito canhestro e incerto. Assim como o exame microscópico dos corpúsculos do sangue. Esse último não tem valor, se as manchas já têm algumas horas. Agora, este novo teste parece funcionar igualmente bem com sangue velho ou fresco. Se esse teste tivesse sido inventado antes, centenas de homens que andam pelo mundo já teriam pago pelos seus crimes.

– Certamente! – murmurei.

– Os casos criminais estão sempre girando em torno desse ponto. Um homem é suspeito de um crime talvez meses depois que esse foi cometido. As suas roupas e lenços são examinados, e descobrem-se manchas amarronzadas neles. Serão manchas de sangue, manchas de lama, manchas de ferrugem ou manchas de frutas, o que serão? Essa é uma questão que tem confundido muitos peritos, e por quê? Porque não havia nenhum teste confiável. Agora temos o teste Sherlock Holmes, e não haverá mais nenhuma dificuldade.

Seus olhos brilhavam bastante enquanto falava, e ele pôs a mão sobre o coração e se inclinou como se agradecesse os aplausos de uma multidão criada pela sua imaginação.

– Você está de parabéns – observei, bastante surpreso com seu entusiasmo.

– No ano passado, tivemos o caso de Von Bischoff em Frankfurt. Ele certamente teria sido enforcado, se já tivéssemos esse teste. Depois tivemos Mason, de Bradford, o notório Muller, Lefevre, de Montpellier, e Samson, de Nova Orleans. Poderia citar muitos casos em que esse teste teria sido decisivo.

– Você parece ser um almanaque ambulante de crimes – disse Stamford rindo. – Poderia lançar um jornal nessa linha. Com o título de "Notícias Policiais do Passado".

– Seria uma leitura muito interessante – observou Sherlock Holmes, grudando um pouco de emplastro sobre o furo do dedo. – Tenho de tomar cuidado – continuou, virando-se para mim com um sorriso –, pois mexo com muitos venenos. – Estendeu a mão enquanto falava, e notei que estava toda sarapintada com emplastros semelhantes e descolorida por ácidos fortes.

– Viemos até aqui a negócios – disse Stamford, sentando-se num banco alto de três pés, e empurrando outro na minha direção com seu pé. – Meu amigo está procurando um lugar para morar, e como você estava se queixando de que não conseguia encontrar ninguém para dividir uns aposentos, achei que deveria apresentá-los um ao outro.

Sherlock pareceu encantado com a ideia de dividir os aposentos comigo.

– Estou de olho num apartamento em Baker Street – disse – que seria ótimo para nós. Espero que não se incomode com o cheiro de tabaco forte?

— Eu mesmo sempre fumo tabaco de marinheiro – respondi.

— É bastante bom. Eu em geral tenho produtos químicos por perto, e de vez em quando faço experiências. Isso o incomodaria?

— De modo algum.

— Deixe-me ver... quais são os meus outros defeitos. Às vezes fico deprimido e não abro a boca por dias a fio. Não deve pensar que estou emburrado, quando me comportar desse jeito. Apenas deixe-me em paz, e logo voltarei ao normal. O que você tem a confessar? É bom que dois sujeitos conheçam os piores defeitos um do outro, antes de começarem a morar juntos.

Ri com esse interrogatório.

— Tenho um revólver – disse –, não gosto de muita agitação porque tenho os nervos em frangalhos, levanto-me tarde e sou extremamente preguiçoso. Tenho outros tipos de vícios quando estou bem, mas esses são os principais no momento.

— Você inclui tocar violino na sua categoria de agitação? – perguntou ansiosamente.

— Depende do instrumentista – respondi. – Um violino bem tocado é um manjar dos deuses... Agora, um mal tocado...

— Oh, então está bem – gritou, com um riso alegre. – Acho que podemos considerar o negócio fechado... isto é, se os aposentos lhe agradarem.

— Quando os veremos?

— Encontre-me aqui amanhã ao meio-dia, e iremos juntos acertar tudo – respondeu.

— Está bem... ao meio-dia em ponto – disse eu, apertando sua mão.

Nós o deixamos trabalhando entre seus produtos químicos, e caminhamos juntos para o meu hotel.

— A propósito – perguntei de repente, parando e virando-me para Stamford – como é que ele sabia que eu tinha vindo do Afeganistão?

Meu companheiro abriu um sorriso enigmático.

— Essa é a sua pequena peculiaridade – disse. — Um bom número de pessoas tem procurado saber como é que ele descobre as coisas.

— Oh! É um mistério então? – gritei esfregando as mãos. – É muito intrigante. Estou muito grato a você por ter nos apresentado. "O verdadeiro estudo da humanidade é o homem", sabe.

— Você deve estudá-lo então – disse Stamford, enquanto se despedia. – Mas vai achá-lo um problema complicado. Aposto que ele vai descobrir mais sobre você do que você sobre ele. Até logo.

— Até logo – respondi, e caminhei devagar até o meu hotel, bastante interessado no meu novo conhecido.

Capítulo 2

A ciência da dedução

Nós nos encontramos no dia seguinte conforme o combinado, e examinamos os quartos no número 221B, Baker Street, dos quais ele tinha me falado no primeiro encontro. Consistiam em dois grandes quartos de dormir e numa única grande e espaçosa sala de estar, alegremente mobiliada, e iluminada por duas largas janelas. Tão agradável em todos os sentidos era o apartamento, e tão razoáveis pareciam as condições quando divididas entre nós, que o negócio foi fechado na hora, e logo recebemos as chaves. Naquela mesma tarde, trouxe as minhas coisas do hotel, e, na manhã seguinte, Sherlock Holmes me seguiu com várias caixas e valises. Passamos um ou dois dias ocupados em desempacotar e arrumar nossos pertences da melhor forma possível. Feito isso, começamos aos poucos a nos estabelecer e nos acomodar em nosso novo ambiente.

Holmes não era absolutamente um homem de difícil convivência. Era quieto a seu modo, e seus hábitos eram regulares. Era raro que ainda estivesse de pé depois das dez horas da noite, e já tinha invariavelmente tomado o café da manhã e saído antes que eu me levantasse. Às vezes passava o dia no laboratório químico, às vezes na sala de dissecação, e de vez em quando em longos passeios que pareciam levá-lo às zonas mais baixas da cidade. Nada superava a sua energia quando se achava dominado pelo afã da atividade, mas de quando em quando apoderava-se dele uma reação, e passava dias a fio deitado no sofá da sala de estar, mal dizendo uma palavra ou movendo um músculo, da manhã até a noite. Nessas ocasiões, notei uma expressão tão sonhadora e vazia em seus olhos que poderia ter suspeitado que fosse viciado em algum tipo de narcótico, se a sobriedade e a correção de toda a sua vida não desautorizasse tal noção.

À medida que passavam as semanas, o meu interesse por ele e a minha curiosidade sobre os seus objetivos na vida aos poucos se aprofundavam e aumentavam. A sua própria pessoa e aparência chamavam a atenção do observador mais casual. Tinha bem mais de um metro e oitenta de altura e, como era extremamente magro, parecia muito mais alto. Os olhos eram agudos e penetrantes, exceto naqueles intervalos de torpor a que já aludi, e o nariz fino de ave de rapina dava a todo o seu semblante um ar de vivacidade e decisão. O queixo também tinha o formato proeminente e quadrado que distingue o homem determinado. As mãos estavam invariavelmente manchadas de tinta e de produtos químicos, mas ele possuía uma extraordinária delicadeza de tato, como frequentemente tive ocasião de observar, quando o via manipular seus frágeis instrumentos de estudo.

O leitor talvez me tome por um intrometido incurável, quando eu confessar o quanto esse homem estimulava a minha curiosidade, e quantas vezes procurei romper a reticência que ele demonstrava sobre tudo que lhe dizia respeito. Antes de me julgar, entretanto, que se lembre de como a minha vida não tinha objetivos e do pouco que havia para prender minha atenção. Por causa de minha saúde, não me aventurava a sair, a não ser que o tempo estivesse excepcionalmente bom, e eu não tinha amigos que me visitassem e quebrassem a monotonia da minha vida diária. Nessas circunstâncias, eu acolhia ansiosamente o pequeno mistério que pairava sobre meu companheiro, e passava grande parte de meu tempo tentando desvendá-lo.

Não estava estudando medicina. Em resposta a uma pergunta, ele próprio confirmara a opinião de Stamford sobre esse ponto. Tampouco parecia ter feito algum curso que lhe propiciasse um título científico, ou ter cruzado qualquer outro portal que lhe desse acesso ao mundo acadêmico. Mas o seu zelo por certos estudos era impressionante, e, dentro de certos limites excêntricos, o seu conhecimento era tão extraordinariamente amplo e detalhado que suas observações me espantavam bastante. Certamente nenhum homem trabalharia tanto, nem conseguiria informações tão precisas, a menos que tivesse algum objetivo definido em vista. Os leitores sem método raramente são conhecidos pela exatidão de seus conhecimentos. Nenhum homem sobrecarrega a mente com pequenos problemas, se não tem uma boa razão para isso.

A sua ignorância era tão extraordinária quanto

o seu saber. Sobre literatura, filosofia e política contemporâneas, parecia não saber quase nada. Quando citei certa vez Thomas Carlyle, ele me perguntou com a maior ingenuidade quem ele era e o que tinha feito. Mas a minha surpresa atingiu o clímax, quando descobri incidentalmente que ele desconhecia a teoria copernicana e a composição do sistema solar. Que um ser humano civilizado não soubesse que a Terra se movia ao redor do Sol, era para mim um fato tão extraordinário que mal podia compreendê-lo.

– Você parece espantado – disse ele, sorrindo da minha expressão de surpresa. – Agora que já sei essa informação, farei o possível para esquecê-la.

– Esquecê-la!

– Veja – explicou –, acho que o cérebro do homem é originalmente como um pequeno sótão vazio, que temos de abastecer com a mobília que escolhemos. Um tolo pega todo e qualquer traste velho que encontra pelo caminho, de modo que o conhecimento que poderia lhe ser útil fica de fora por falta de espaço ou, na melhor das hipóteses, acaba misturado com uma porção de outras coisas, o que dificulta o seu possível emprego. Mas o trabalhador de talento é muito cuidadoso a respeito do que coloca no seu sótão-cérebro. Só acolhe as ferramentas que podem ajudá-lo a realizar o seu trabalho, mas dessas ferramentas ele tem uma enorme coleção, e tudo disposto na mais perfeita ordem. É um erro pensar que o pequeno quarto tem paredes elásticas e pode se distender em qualquer dimensão. Acredite, chega uma época em que para cada novo conhecimento é preciso esquecer alguma coisa que se conhecia antes. É da maior importância, portanto, não ter fatos inúteis empurrando para fora os úteis.

– Mas o sistema solar! – protestei.

– Que me importa? – interrompeu impacientemente. – Você diz que giramos ao redor do Sol. Se girássemos ao redor da Lua, não faria a menor diferença para mim ou para o meu trabalho.

Estava a ponto de lhe perguntar qual seria esse trabalho, mas algo nas suas maneiras me deixou claro que a pergunta não seria bem-vinda. Meditei sobre a nossa curta conversa, entretanto, e procurei tirar minhas deduções a respeito. Ele dizia que não adquiria nenhum conhecimento que não fosse relacionado com seus objetivos. Portanto, todo conhecimento que possuía era do tipo que poderia lhe ser útil. Enumerei mentalmente todos os vários pontos em que ele se mostrara excepcionalmente bem informado. Até peguei um lápis e os anotei. Não pude deixar de sorrir do documento, quando o completei. Dizia o seguinte:

SHERLOCK HOLMES – *seus limites*

1. Conhecimento de Literatura – nenhum.
2. Conhecimento de Filosofia – nenhum.
3. Conhecimento de Astronomia – nenhum.
4. Conhecimento de Política – fraco.
5. Conhecimento de Botânica – variável. Muito bem informado sobre beladona, ópio e venenos

*em geral. Nada sabe sobre jardinagem
prática.*
6. *Conhecimento de Geologia – prático, mas limitado. Com um rápido olhar, sabe distinguir solos diferentes. Depois de certas caminhadas, tem me mostrado salpicos nas suas calças, dizendo-me pela sua cor e consistência em que parte de Londres os recebeu.*
7. *Conhecimento de Química – profundo.*
8. *Conhecimento de Anatomia – preciso, mas não sistemático.*
9. *Conhecimento de Literatura Sensacionalista – imenso. Parece saber todos os detalhes de qualquer horror cometido no século.*
10. *Toca violino muito bem.*
11. *É um bom jogador de bastão, box e espada.*
12. *Tem um bom conhecimento prático da legislação inglesa.*

Quando tinha chegado a esse ponto da minha lista, atirei-a no fogo desesperado.

– Se tiver que descobrir o objetivo desse sujeito conciliando todos esses conhecimentos e encontrando uma profissão que precise de tudo isso – disse para mim mesmo –, acho melhor desistir logo da tentativa.

Vejo que aludi acima a seu talento para tocar violino. Era um talento muito extraordinário, mas tão excêntrico quanto todas as suas outras qualidades. Que ele conseguia tocar peças musicais, e bastante difíceis, disso sabia muito bem, porque a meu pedido me tocara alguns dos *Lieder* de Mendelssohn e outras de minhas músicas favoritas. Se estava sozinho, entretanto, raramente produzia uma música ou tentava uma melodia conhecida. Reclinando-se na sua poltrona à tarde, fechava os olhos e arranhava descuidadamente as cordas do violino atirado sobre seus joelhos. Às vezes, as cordas eram sonoras e melancólicas. De vez em quando, eram fantásticas e alegres. Refletiam claramente os pensamentos que o possuíam, mas se a música acompanhava esses pensamentos, ou se os sons eram simplesmente o resultado de um capricho ou fantasia, não saberia dizer. Eu poderia ter me rebelado contra esses solos exasperadores, se não fosse o fato de que ele geralmente os terminava tocando em rápida sucessão toda uma série de minhas melodias favoritas, como uma pequena compensação por ter posto à prova minha paciência.

Durante as primeiras semanas, não tivemos visitas, e já começara a pensar que meu companheiro era um homem tão sem amigos quanto eu próprio. Mas então descobri que ele tinha muitos conhecidos, e nas mais diferentes classes da sociedade. Havia um pequeno sujeito pálido, com olhos escuros e cara de rato, que me foi apresentado como sr. Lestrade, e que apareceu três ou quatro vezes numa única semana. Certa manhã, surgiu uma jovem, elegantemente vestida, que se demorou por cerca de meia hora. Na mesma tarde, veio um visitante malvestido que lembrava um mascate judeu, e que me pareceu muito agitado, quase imediatamente seguido por uma mulher idosa bastante desalinhada. Noutra ocasião, um velho cavalheiro de cabelos brancos teve uma entrevista com meu companheiro, e ainda noutra, um carregador de estrada de ferro com seu uniforme de belbutina. Quando aparecia qualquer um desses indivíduos indefinidos, Sherlock Holmes pedia a sala de estar, e eu me retirava para o meu quarto. Ele sempre se desculpava por me causar esse incômodo.

– Tenho de usar esta sala como lugar de negócios – dizia –, essas pessoas são meus clientes.
– Mais uma vez tive uma oportunidade de lhe perguntar sem rodeios o que fazia, e mais uma vez a delicadeza me impediu de forçar outro homem a me confiar seus segredos. Imaginei na época que tinha fortes razões para não se referir a seu trabalho, mas ele logo dissipou a ideia abordando o assunto por sua livre vontade.

Foi no dia 4 de março, como tenho boas razões para me lembrar, que me levantei um pouco mais cedo do que o habitual, e vi que Sherlock Holmes ainda não acabara de tomar o seu café da manhã. A proprietária estava tão acostumada com meus hábitos de acordar tarde que ainda não trouxera, nem preparara meu café. Com a petulância absurda da humanidade, toquei a campainha e dei um aviso breve e ríspido de que estava de pé. Depois peguei uma revista na mesa e tentei passar o tempo folheando-a, enquanto meu companheiro mastigava silenciosamente a sua torrada. Um dos artigos tinha uma marca de lápis no título, e naturalmente comecei a correr os olhos por ele.

Tinha um título um tanto ambicioso, "O Livro da Vida", e procurava mostrar o quanto um homem observador podia aprender por meio de um exame preciso e sistemático de tudo que encontrasse pela vida. O artigo me pareceu uma mistura extraordinária de sagacidade e contrassenso. O raciocínio era rigoroso e intenso, mas as deduções me pareciam forçadas e exageradas. O autor afirmava ser capaz de compreender os pensamentos mais íntimos de um homem por uma expressão momentânea, a contração de um músculo ou o desvio de um olhar. Segundo ele, o engano era uma impossibilidade no caso de alguém treinado para observar e analisar. As suas conclusões eram tão infalíveis quanto muitas proposições de Euclides. Tão surpreendentes pareciam ser os seus resultados aos olhos dos não iniciados que, enquanto esses não aprendessem os processos pelos quais ele chegara até aquelas conclusões, bem que poderiam considerá-lo um adivinho.

"A partir de uma gota d'água", dizia o autor, "um lógico podia inferir a possibilidade de um Atlântico ou de um Niágara, sem ter visto nenhum dos dois, nem ter ouvido falar de qualquer um deles. Assim toda a vida é uma grande cadeia, cuja natureza conhecemos sempre que nos mostram um único de seus elos. Como todas as outras artes, a Ciência da Dedução e Análise só pode ser adquirida por meio de longo e paciente estudo, nem é a vida bastante longa para que um mortal alcance a maior perfeição possível nessa arte. Antes de se voltar para aqueles aspectos fatais e mentais da questão que apresentam as maiores dificuldades, que o observador comece por dominar problemas mais elementares. Que, ao encontrar um de seus colegas mortais, aprenda a discernir com um relance de olhos a história do homem, e o ofício ou profissão a que pertence. Por mais pueril que pareça, o exercício afia as faculdades de observação, e ensina onde olhar e o que procurar. Nas unhas de um homem, na manga de seu casaco, na sua bota, nos joelhos de suas calças, nas calosidades de seu dedo indicador ou de seu polegar, na sua expressão, nos punhos de sua camisa – em cada um desses itens, a profissão do homem é claramente revelada. Que todos esses elementos juntos deixem de esclarecer o observador competente, é quase inconcebível."

– Que monte de asneiras! – gritei, atirando a revista sobre a mesa. – Nunca li um lixo tão grande na minha vida.

– O quê? – perguntou Sherlock Holmes.

– Ora, este artigo – disse, apontando com a minha colher do ovo, enquanto me sentava para tomar o café da manhã. – Sei que você já o leu, pois o marcou. Não nego que seja muito bem escrito. Mas me irrita. É evidentemente a teoria de um desocupado de poltrona que desenvolve todos esses pequenos paradoxos bem delineados no isolamento da sua sala. Não é prático. Gostaria de vê-lo sentado num vagão de terceira classe no metrô, com a tarefa de dizer as profissões de todos os seus acompanhantes de viagem. Aposto mil contra um que ele não saberia dizer.

– Você perderia o seu dinheiro – Holmes observou calmamente. – Quanto ao artigo, fui eu que o escrevi.

– Você!

– Sim, tenho uma queda para a observação e a dedução. As teorias que expressei neste artigo, e que lhe parecem tão quiméricas, são na verdade extremamente práticas, tão práticas que dependo delas para ganhar o meu pão.

– E como? – perguntei involuntariamente.

– Bem, tenho um ofício próprio. Acho que sou o único no mundo. Sou um detetive consultor, se é que você consegue entender o que isso seja. Aqui em Londres temos muitos detetives do governo e muitos detetives particulares. Quando não sabem o que fazer, esses sujeitos vêm falar comigo, e dou um jeito de colocá-los na pista certa. Eles me apresentam todas as evidências, e geralmente consigo, com a ajuda de meus conhecimentos da história do crime, esclarecê-los. Há um forte parentesco entre os crimes e, se alguém conhece todos os detalhes de mil casos na ponta dos dedos, é estranho que não consiga desvendar o milésimo primeiro. Lestrade é um detetive bem conhecido. Ficou recentemente confuso a respeito de um caso de falsificação, e foi isso que o trouxe até mim.

– E essas outras pessoas?

– Na sua maior parte, são enviadas por agências de detetive particulares. São todas pessoas que estão em dificuldades a respeito de alguma coisa e desejam um pouco de esclarecimento. Eu escuto a sua história, eles escutam meus comentários, e depois embolso o meu pagamento.

– Mas você quer dizer – falei – que, sem deixar a sua sala, consegue desatar um nó que outros homens não souberam compreender, embora tivessem visto eles próprios todos os detalhes?

– Exatamente. Tenho uma intuição nesse sentido. De vez em quando surge um caso que é um pouco mais complexo. Então tenho de me mexer e ver as coisas com meus próprios olhos. Sabe, tenho muitos conhecimentos especiais que aplico ao problema, o que facilita muitíssimo a sua compreensão. As regras da dedução, apresentadas nesse artigo que provocou o seu desprezo, são inestimáveis para o meu trabalho prático. A observação é para mim uma segunda natureza. Você pareceu surpreso quando lhe disse, no nosso primeiro encontro, que você tinha vindo do Afeganistão.

– Alguém lhe contou, sem dúvida.

– Nada disso. Eu *sabia* que você chegara do Afeganistão. Devido ao longo hábito, a cadeia de pensamentos passou tão rapidamente pela minha mente que cheguei àquela conclusão sem ter consciência das etapas intermediárias. Mas essas etapas ocorreram. A cadeia de pensamentos foi a seguinte: "Aí está um cavalheiro do tipo médico, mas com ar militar. Portanto, é obviamente um médico do exército. Acaba de chegar dos trópicos, porque seu rosto é escuro, mas esse não é o matiz da sua pele, pois seus pulsos são claros. Passou por dificuldades e doenças, como a sua face desfigurada revela claramente. Seu braço esquerdo foi ferido. Ele o mantém numa maneira rígida e pouco natural. Em que lugar dos trópicos um médico do exército inglês podia ter sofrido muitas privações e ter sido ferido no braço? Claro que no Afeganistão". Toda essa cadeia de pensamentos não levou nem um segundo. Eu então observei que você tinha vindo do Afeganistão, e você ficou espantado.

– É bastante simples, quando explicado – disse sorrindo. – Você me lembra o Dupin de Edgar Allan Poe. Não fazia ideia de que esses indivíduos existiam fora das histórias.

Sherlock Holmes levantou-se e acendeu o cachimbo.

– Sem dúvida, você acha que está me fazendo um elogio ao me comparar com Dupin – observou. – Mas, na minha opinião, Dupin era um sujeito muito inferior. Aquele seu truque de interromper o pensamento dos amigos com um comentário pertinente depois de um quarto de hora de silêncio é realmente muito espalhafatoso e superficial. Ele tinha um certo gênio analítico, sem dúvida. Mas não era de modo algum o fenômeno que Poe aparentemente imaginava.

– Você leu a obra de Gaboriau? – perguntei. – Lecoq corresponde à sua ideia de um detetive?

Sherlock Holmes torceu o nariz sarcasticamente.

– Lecoq era um trapalhão miserável – disse com voz zangada. – Só tinha uma coisa a recomendá-lo, a sua energia. Esse livro positivamente me fez mal. A questão era como identificar um prisioneiro desconhecido. Eu teria resolvido o problema em vinte e quatro horas. Lecoq levou uns seis meses. O livro poderia ser um manual para detetives, com o objetivo de lhes ensinar o que não devem fazer.

Eu me sentia um tanto indignado pelo fato de duas personagens que admirava serem tratadas com tanta arrogância. Fui até a janela, e fiquei olhando para a rua movimentada.

– Este sujeito pode ser muito inteligente – disse para mim mesmo –, mas é certamente muito vaidoso.

– Já não há crimes, nem criminosos nos dias de hoje – disse ele com voz de queixa. – De que adianta ser inteligente nesta nossa profissão? Sei muito bem que tenho todas as condições de tornar meu nome famoso. Não há, no passado ou no presente, nenhum homem que tenha dedicado a mesma quantidade de estudos e de talento natural para a investigação do crime como eu. E qual é o resultado? Não há mais crime para ser investigado, ou, na melhor das hipóteses, só uma vilania malfeita com um motivo tão transparente que até um oficial da Scotland Yard é capaz de percebê-lo.

Ainda estava incomodado com o estilo arrogante da conversa. Achei melhor mudar de assunto.

– O que será que aquele sujeito está procurando? – perguntei, apontando para um indivíduo forte e simplesmente vestido, que caminhava devagar pelo outro lado da rua, olhando ansiosamente os números. Tinha um grande envelope azul na mão, e era evidentemente o portador de uma mensagem.

– Você quer dizer aquele sargento da reserva dos Fuzileiros Navais? – disse Sherlock Holmes.

– Mas que arrogância! – pensei comigo mesmo. – Ele sabe que não posso verificar a sua conjetura.

O pensamento mal tinha passado pela minha mente, quando o homem que observávamos viu o número na nossa porta e atravessou rapidamente o caminho da entrada. Ouvimos uma batida forte na porta, uma voz grave lá embaixo, e passos pesados subindo a escada.

– Para o sr. Sherlock Holmes – disse, entrando na sala e entregando a carta ao meu amigo.

Achei que era uma bela oportunidade de acabar com a arrogância de Holmes. Ele nem pensara nessa possibilidade, quando fizera aquela afirmação aleatória.

– Posso lhe perguntar, meu camarada – disse com a voz mais suave – qual é a sua profissão?

– Mensageiro, senhor – respondeu rispidamente. – Estou sem uniforme, porque está sendo consertado.

– E você era? – perguntei com um relance de olhos um tanto malicioso para o meu companheiro.

– Sargento, senhor, Infantaria Ligeira dos Fuzileiros Navais da Rainha, senhor. Nenhuma resposta? Certo, senhor.

Bateu os calcanhares, levantou a mão para fazer continência e desapareceu.

Capítulo 3

O mistério dos Jardins Lauriston

Confesso que fiquei bastante surpreso com essa nova prova da natureza prática das teorias de meu companheiro. Meu respeito pelos seus poderes de análise aumentou extraordinariamente. Ainda permanecia uma suspeita oculta na minha mente, entretanto, de que toda a história fosse um episódio pré-arranjado, destinado a me aturdir, embora não conseguisse compreender qual poderia ser o objetivo dele em me enganar. Quando olhei para Holmes, ele acabara de ler a nota, e seus olhos tinham assumido a expressão vazia e sem brilho que revelava abstração mental.

– Como é que você conseguiu deduzir isso? – perguntei.

– Deduzir o quê? – disse ele, petulantemente.

– Ora, que ele era um sargento da reserva dos Fuzileiros Navais.

– Não tenho tempo para ninharias – respondeu bruscamente. Depois acrescentou com um sorriso: – Desculpe a minha rudeza. Você interrompeu o fio de meus pensamentos, mas talvez seja melhor assim. Então você realmente não foi capaz de perceber que aquele homem era um sargento dos Fuzileiros Navais?

– Não, de forma alguma.

– Foi mais fácil obter essa informação do que explicar como foi que a obtive. Se lhe pedissem que provasse que dois mais dois são quatro, você teria talvez alguma dificuldade, apesar de não ter dúvidas a respeito do fato. Mesmo do outro lado da rua, pude ver uma grande âncora azul tatuada nas costas da mão do sujeito. Essa tatuagem lembrava o mar. Ele tinha uma postura militar, porém, e as costeletas regulamentares. Aí se via o fuzileiro naval. Era um homem com alguma dose de dignidade e um certo ar de comando. Você deve ter observado o modo como ele mantinha a cabeça e balançava a bengala. Um homem de meia-idade sóbrio e respeitável, também, diante das circunstâncias. Todos esses fatos me levaram a acreditar que ele fora um sargento.

– Maravilhoso! – exclamei.

– Lugar-comum – disse Holmes, embora eu achasse, pela sua expressão, que lhe agradavam a minha evidente surpresa e admiração. – Disse há pouco que não havia criminosos. Parece que estava errado. Veja isto! – Ele me atirou a nota que o mensageiro lhe trouxera.

– Céus! – gritei, quando pus os olhos na nota. – É terrível!

– Parece ser um pouco fora do comum – observou ele calmamente. – Você se importaria de me ler a nota em voz alta?

Esta é a carta que li para ele:

"Meu caro sr. Sherlock Holmes,

Houve uma ocorrência terrível durante a noite no número 3 dos Jardins Lauriston, perto de

Brixton Road. O nosso homem da ronda viu uma luz na residência lá pelas duas horas da madrugada e, como era uma casa vazia, suspeitou que havia alguma coisa de errado. Encontrou a porta aberta, e na sala da frente, que não é mobiliada, descobriu o corpo de um cavalheiro, bem-vestido, e que tinha no bolso cartões com o nome de 'Enoch J. Drebber, Cleveland, Ohio, U.S.A.'. Não houve roubo, nem há nenhuma evidência que indique como o homem morreu. Há marcas de sangue na sala, mas não há ferimento na sua pessoa. Não sabemos como é que ele entrou na casa vazia. Para falar a verdade, todo o caso é um enigma. Se puder dar um pulo até a casa antes do meio-dia, vai me encontrar por lá. Deixo tudo em status quo *até receber uma palavra sua. Se não puder aparecer, eu lhe darei mais detalhes pormenorizados, e teria na conta de uma grande gentileza, se você se dignasse a me dar a sua opinião.*

Atenciosamente,

Tobias Gregson."

– Gregson é o policial mais inteligente da Scotland Yard – observou meu amigo. – Ele e Lestrade são a nata de um bando muito ruim. São ambos rápidos e energéticos, mas convencionais, chocantemente convencionais. Vivem se apunhalando, também. São tão invejosos quanto um par de beldades profissionais. Esse caso vai ser divertido, se todos os dois forem designados para resolvê-lo.

Eu estava perplexo com o modo calmo como ele continuava a falar.

– Certamente não há um momento a perder – gritei. – Devo sair para chamar um carro de aluguel?

– Não sei se devo ir ou não. Sou o diabo mais incuravelmente preguiçoso que existe neste mundo... isto é, quando a preguiça me ataca, pois de vez em quando sou bastante ativo.

– Mas é justamente a oportunidade que você estava esperando.

– Meu caro amigo, que me importa? Supondo-se que eu desvende toda a questão, pode ficar certo de que Gregson, Lestrade e Cia. vão embolsar todo o crédito. É o que dá ser um personagem não oficial.

– Mas ele está pedindo a sua ajuda.

– Sim. Ele sabe que sou seu superior, o que reconhece na sua carta para mim. Mas cortaria a sua língua antes de admitir o fato para uma terceira pessoa. Entretanto, bem que podemos dar uma olhada na cena. Vou investigar o caso por minha própria conta. Se não conseguir nada mais, posso pelo menos zombar deles. Vamos!

Enfiou às pressas o seu casacão e se animou de um jeito que demonstrava que o ataque de energia tinha sobrepujado o de apatia.

– Pegue o seu chapéu – disse.

– Você quer que eu vá junto?

– Sim, se não tiver nada melhor para fazer. – Um minuto mais tarde estávamos ambos num cabriolé, dirigindo-nos furiosamente para Brixton Road.

Era uma manhã nublada e brumosa, e um véu de cor pardacenta cobria o cimo das casas, parecendo o reflexo das ruas lamacentas embaixo. O meu companheiro estava no melhor dos estados de espírito, e tagarelava sobre violinos Cremona e a diferença entre um Stradivarius e um Amati. Quanto a mim, estava calado, pois o tempo feio e o passeio melancólico em que estávamos envolvidos me deprimiam.

– Você não parece estar dando muita atenção ao presente problema – disse por fim, interrompendo a dissertação musical de Holmes.

– Ainda não temos os dados – respondeu. – É um erro capital teorizar antes de ter todas as evidências. Enviesa o julgamento.

– Você logo terá os seus dados – observei, apontando o dedo. – Ali está Brixton Road, e aquela ali é a casa, se não estou enganado.

– Exatamente. Pare, cocheiro, pare! – Ainda estávamos a uns noventa metros da casa, mas ele insistiu em descer naquele ponto, e acabamos nosso percurso a pé.

O número 3 dos Jardins Lauriston tinha um ar aziago e ameaçador. Era uma das quatro casas que ficavam um pouco afastadas da rua, duas estando ocupadas e duas vazias. As últimas se abriam com três fileiras de janelas melancólicas e desabitadas, que eram sombrias e inexpressivas exceto pelo fato de que aqui e ali um cartaz de "Para Alugar" crescera como uma catarata sobre os vidros turvos. Entre cada uma dessas casas e a rua, havia um pequeno jardim salpicado por uma erupção dispersa de plantas doentias e cortado por um caminho estreito, de cor amarelada, que aparentemente consistia numa mistura de barro e cascalho. Todo o lugar estava muito sujo por causa da chuva que caíra durante toda a noite. O jardim era cercado por um muro de tijolos de quase um metro de altura com uma orla de grade de madeira sobre o topo, e contra esse muro estava encostado um policial robusto, rodeado por um pequeno grupo de ociosos, que esticavam os pescoços e forçavam os olhos na esperança vã de vislumbrar o que se passava dentro da casa.

Eu imaginara que Sherlock Holmes correria imediatamente para dentro da casa e mergulharia no estudo do mistério. Nada parecia mais distante das suas intenções. Com um ar de indiferença, que, nas circunstâncias, me parecia tocar as raias da afetação, ele andou para cima e para baixo na calçada, e fitou vagamente o chão, o céu, as casas do outro lado da rua e a linha das grades. Depois de acabado esse escrutínio, percorreu devagar o caminho do jardim, ou melhor, a orla de grama que flanqueava o caminho, mantendo os olhos fixos no chão. Duas vezes ele parou, e uma vez eu o vi sorrir e escutei sua exclamação de prazer. Havia muitas marcas de pegadas sobre o solo lamacento e úmido, mas como a polícia estivera passando por ali de um lado para o outro, eu não conseguia compreender como é que meu amigo esperava poder descobrir alguma informação naquele solo. Ainda assim, já tivera provas tão extraordinárias da rapidez de suas faculdades perceptivas que não tinha dúvidas de que ele podia ver muitas coisas que me passavam despercebidas.

Junto à porta da casa, fomos recebidos por um homem alto, de rosto branco e cabelos claros, com um bloco de anotações na mão, que se precipitou ao nosso encontro e apertou efusivamente a mão de meu companheiro.

– É na verdade muita gentileza sua ter vindo – disse. – Deixei tudo como estava, sem mexer.

– Exceto isso! – respondeu meu amigo, apontando para o caminho. – Se uma manada de búfalos tivesse passado por aqui, a confusão não seria maior. Mas, sem dúvida, você já tirara as suas próprias conclusões, Gregson, antes de permitir uma coisa dessas.

– Tive tanto a fazer dentro da casa – disse o detetive evasivo. – Meu colega, o sr. Lestrade, está aqui. Achei que ele saberia cuidar disso.

Holmes olhou rapidamente para mim e levantou as sobrancelhas com um ar sarcástico.

– Com dois homens como você e Lestrade trabalhando no caso, não vai sobrar muita coisa para uma terceira pessoa descobrir – disse.

Gregson esfregou as mãos com satisfação.

– Acho que fizemos tudo o que poderia ser feito – respondeu. – Mas é um caso estranho, e sei que você gosta de casos assim.

– Você não veio de carro de aluguel? – perguntou Sherlock Holmes.

– Não, senhor.

– Nem Lestrade?

– Não, senhor.

– Então vamos entrar e dar uma olhada na sala. – Com esses comentários inconsequentes, entrou a passos largos na casa, seguido por Gregson, cujas feições revelavam seu espanto.

Uma passagem pequena, de tábuas nuas e poeirentas, conduzia à cozinha e às outras dependências da casa. Duas portas nessa passagem abriam para a esquerda e para a direita. Uma delas estivera obviamente fechada durante muitas semanas. A outra pertencia à sala de jantar, o recinto em que ocorrera o caso misterioso. Holmes entrou, e eu o segui com aquele sentimento de opressão no coração que a presença da morte inspira.

Era uma grande sala quadrada, parecendo ainda maior por causa da ausência de mobília. Um papel brilhante vulgar adornava as paredes, mas em alguns lugares estava manchado de mofo, e aqui e ali grandes tiras tinham descolado e pendiam, expondo o reboco amarelo por baixo. Em frente à porta, havia uma lareira vistosa, encimada por um consolo de mármore branco de imitação. Num dos cantos desse consolo, estava grudado o toco de uma vela vermelha. A janela solitária estava tão suja que a luz era enevoada e incerta, emprestando a tudo um tom cinzento escuro, intensificado pela grossa camada de poeira que revestia toda a sala.

Todos esses detalhes, observei mais tarde. Naquele momento, toda a minha atenção estava centrada na única figura sombria e imóvel que jazia estirada sobre as tábuas, com olhos vazios e sem vida fitando o teto descolorido. Era a de um homem de mais ou menos quarenta e três ou quarenta e quatro anos, tamanho médio, ombros largos, cabelos pretos crespos e uma barba curta e espetada. Vestia sobrecasaca e colete de um pesado tecido de lã preta, calças claras, e tinha o colarinho e os punhos imaculados. Uma cartola, bem escovada e cuidada, estava no chão ao seu lado. As mãos estavam fechadas e os braços estirados para o lado, enquanto os membros inferiores se achavam entrelaçados, como se a luta com a morte tivesse sido dolorosa. Na face rígida havia uma expressão de horror e, assim me parecia, de ódio, como jamais vira em feições humanas. Essa contorção malévola e terrível, combinada com a testa estreita, o nariz grosso e a mandíbula prognata, dava ao morto uma aparência peculiarmente simiesca, ainda intensificada pela postura torcida e pouco natural. Já vi a morte sob muitas formas, mas nunca ela me apareceu sob um aspecto mais medonho do que naquela sala escura e imunda, que abria para uma das principais artérias da Londres suburbana.

Lestrade, magro e furão como sempre, estava de pé perto da porta, e cumprimentou meu companheiro e a mim.

– Este caso vai causar um grande alvoroço – observou. – Supera tudo o que já vi, e não sou inexperiente.

– Não há pistas! – disse Gregson.
– Absolutamente nenhuma! – ecoou Lestrade.
Sherlock Holmes se aproximou do corpo e, ajoelhando-se, examinou-o atentamente.
– Vocês têm certeza de que não há ferimento? – perguntou, apontando para as inúmeras gotas e salpicos de sangue que havia por toda parte.
– Absoluta! – gritaram os dois detetives.
– Então, sem dúvida, este sangue pertence a um segundo indivíduo... presumivelmente ao assassino, se é que foi cometido um assassinato. Isso me lembra as circunstâncias em torno da morte de Van Jansen, em Utrecht, no ano de 34. Você se lembra do caso, Gregson?
– Não, senhor.
– Leia a respeito... realmente deveria ler. Não há nada de novo embaixo do Sol. Tudo já foi feito antes.

Enquanto falava, seus dedos ligeiros voavam aqui, ali e por toda parte, sentindo, pressionando, desabotoando, examinando, enquanto seus olhos mantinham a mesma expressão sonhadora que já observara neles. Tão rápido foi o exame que ninguém teria imaginado a precisão com que foi feito. Por fim, ele cheirou os lábios do morto, e depois deu uma olhada nas solas das botas de verniz.
– Ele não foi mexido de modo algum? – perguntou.
– Apenas o necessário para fins de exame.
– Podem levá-lo para a casa mortuária – disse.
– Não há mais nenhuma informação a ser obtida.

Gregson tinha a maca e quatro homens à mão. Ao ouvir o seu chamado, eles entraram na sala, pegaram o estranho e o carregaram embora. Enquanto o levantavam, um anel caiu tilintando e rolou pelo chão. Lestrade o agarrou e fitou-o com olhos perplexos.

– Havia uma mulher então – gritou. – É a aliança de uma mulher.

Ele a mostrou, enquanto falava, sobre a palma de sua mão. Todos nós o rodeamos e fitamos o anel. Não havia dúvida de que o aro de ouro puro enfeitara outrora o dedo de uma noiva.

– Isso complica o caso – disse Gregson. – Meu Deus, já estava bastante complicado.

– Tem certeza de que não o simplifica? – observou Holmes. – Não vai se aprender nada olhando para o anel. O que você encontrou nos bolsos dele?

– Temos tudo aqui – disse Gregson, apontando para um monte desordenado de objetos sobre um dos primeiros degraus da escada. – Um relógio de ouro, nº 97163, feito por Barraud, de Londres. Corrente de ouro Albert, muito pesada e sólida. Anel de ouro, com emblema maçônico. Pregador de ouro: cabeça de buldogue com rubis no lugar dos olhos. Caixa de cartões de couro russo com os cartões de Enoch J. Drebber, de Cleveland, nome que corresponde ao E. J. D. sobre o lenço. Nenhuma carteira, mas dinheiro solto no montante de sete libras e treze. Edição de bolso do *Decameron* de Boccaccio, com o nome de Joseph Stangerson sobre a guarda. Duas cartas: uma endereçada a E. J. Drebber e outra a Joseph Stangerson.

– Para que endereço?

– Agência de Correio Americana... para ser guardada até que a venham buscar. As duas são de Guion Steamship Company, e se referem à partida de seus navios de Liverpool. É claro que este pobre homem estava prestes a retornar para Nova York.

– Vocês investigaram a respeito desse homem, Stangerson?

– Imediatamente, senhor – disse Gregson. – Mandei pôr um aviso em todos os jornais, e um de meus homens foi à Agência de Correio Americana, mas ainda não voltou.

– Entraram em contato com Cleveland?

– Telegrafamos hoje de manhã.

– Como foi que formulou as suas perguntas?

– Apenas detalhamos as circunstâncias e dissemos que gostaríamos de ter qualquer informação que nos pudesse ser útil.

– Não pediu nenhum detalhe especial sobre algum ponto que lhe parecesse crucial?

– Perguntei sobre Stangerson.

– Nada mais? Não há nenhuma circunstância em torno da qual todo este caso parece girar? Não vai telegrafar de novo?

– Já disse tudo o que tenho a dizer – disse Gregson com uma voz ofendida.

Sherlock Holmes riu com seus botões e parecia prestes a fazer um comentário, quando Lestrade, que estivera na sala da frente enquanto mantínhamos essa conversa no saguão, reapareceu em cena, esfregando as mãos de um modo pomposo e convencido.

— Sr. Gregson — disse — acabei de fazer uma descoberta da maior importância, um dado que teria sido negligenciado, se eu não tivesse feito um exame cuidadoso das paredes.

Os olhos do homenzinho cintilavam enquanto falava, e ele estava evidentemente num estado de júbilo reprimido por ter marcado um ponto contra o seu colega.

— Venham cá — disse voltando afobado para a sala, cuja atmosfera parecia mais clara depois da retirada de seu medonho habitante. — Agora, fiquem de pé ali!

Acendeu um fósforo na sua bota e levantou-o contra a parede.

— Vejam! — disse triunfantemente.

Já observei que o papel se despedaçara em alguns lugares. Naquele canto específico da sala, um grande pedaço se descolara, deixando um quadrado amarelo de reboco grosseiro. Nesse espaço vazio, via-se rabiscada com letras de sangue vermelho uma única palavra...

RACHE

— O que acham disso? — gritou o detetive, com o ar de um artista apresentando o seu número. — O detalhe passou despercebido, porque estava no canto mais escuro da sala, e ninguém pensou em examiná-lo. O assassino escreveu a palavra com seu próprio sangue. Vejam o borrão onde o sangue escorreu pela parede! Isso afasta a ideia de suicídio. Por que o assassino escolheu este canto para escrever a sua mensagem? Vou lhes dizer. Estão vendo aquela vela sobre o consolo da lareira? Estava acesa então, e se estava acesa, este canto seria a parte mais clara, e não a mais escura, da parede.

– E o que a palavra significa, agora que você a descobriu? – perguntou Gregson com uma voz depreciativa.

– Significa? Ora, significa que o autor ia escrever o nome feminino Rachel, mas foi interrompido antes de ter tempo de acabar a palavra. Prestem atenção nas minhas palavras, quando esse caso vier a ser esclarecido vai-se descobrir que uma mulher chamada Rachel está metida na trama. Pode rir, sr. Sherlock Holmes. O senhor pode ser muito esperto e inteligente, mas, no final da história, o velho cão de caça é que é o melhor.

– Por favor, me perdoe! – disse meu companheiro, que irritara o homenzinho ao cair numa gargalhada estrondosa. – Você certamente tem o crédito de ser o primeiro de nós a descobrir esta mensagem e, como diz, ela tem todo o jeito de ter sido escrita pelo outro participante no mistério da noite passada. Ainda não tive tempo de examinar esta sala, mas, com a sua permissão, é o que farei agora.

Enquanto falava, Holmes tirou uma trena e uma grande lente redonda do bolso. Com esses dois instrumentos, andou silenciosamente pela sala, ora parando, ora se ajoelhando, e uma vez deitando-se no chão. Tão absorvido estava no seu exame que parecia ter esquecido a nossa presença, pois sussurrava com os seus botões o tempo todo, produzindo uma saraivada de exclamações, gemidos, assobios e gritinhos que sugeriam encorajamento e esperança. Ao observá-lo, vinha-me irresistivelmente a imagem de um cão de caça puro-sangue bem treinado, quando se lança para cima e para baixo, ganindo de ansiedade, até encontrar o rastro perdido. Durante uns vinte minutos ou mais, ele continuou a sua pesquisa, medindo com o maior cuidado a distância entre dois pontos que me eram inteiramente invisíveis, e de vez em quando aplicando a sua fita nas paredes de um modo igualmente incompreensível. Em certo lugar, juntou com muito cuidado um montinho de pó cinzento do chão, e guardou-o num envelope. Finalmente, examinou com a lente a palavra na parede, percorrendo cada uma de suas letras com a exatidão mais pormenorizada. Feito isso, deu a impressão de estar satisfeito, pois recolocou a fita e a lente no bolso.

– Dizem que o gênio é a capacidade infinita de se esforçar – observou com um sorriso. – É uma definição muito ruim, mas se aplica certamente ao trabalho de detetive.

Gregson e Lestrade tinham observado as manobras de seu colega amador com bastante curiosidade e um pouco de desprezo. Evidentemente não davam valor ao fato, que eu começara a compreender, de que as menores ações de Sherlock Holmes eram todas dirigidas a um fim definido e prático.

– O que acha, senhor? – os dois perguntaram.

– Seria roubar-lhes o crédito do caso, se eu presumisse poder ajudá-los – observou meu amigo. – Suas investigações estão indo tão bem que seria uma pena se alguém interferisse. – Havia um mundo de sarcasmo na sua voz. – Se me mantiverem informado do rumo de suas investigações – continuou – terei prazer em lhes dar qualquer ajuda possível. Nesse meio tempo, gostaria de falar com o policial que encontrou o corpo. Podem me dar o seu nome e endereço?

Lestrade deu uma olhada no seu bloco de anotações.

– John Rance – disse. – Está de folga no momento. Vai encontrá-lo no número 46 de Audley Court, Kennington Park Gate.

Holmes tomou nota do endereço.

– Venha junto, doutor – disse. – Vamos procurá-lo. Vou lhes dizer uma coisa que pode ajudá-los neste caso – continuou, virando-se para os dois detetives. – Houve um assassinato, e o assassino era um homem. Tinha mais de um metro e oitenta de altura, estava no auge das suas forças, os pés eram pequenos para a sua altura, usava botas grosseiras de bico quadrado, e fumava um charuto Trichinopoly. Ele veio até aqui com a sua vítima num carro de aluguel de quatro rodas, puxado por um cavalo com três ferraduras velhas e uma nova na pata dianteira direita. Com toda a probabilidade, o assassino tinha um rosto corado, e as unhas da sua mão direita eram marcadamente longas. Estas são apenas algumas indicações, mas podem ajudá-los.

Lestrade e Gregson olharam um para o outro com um sorriso incrédulo.

– Se houve assassinato, como é que o crime foi cometido? – perguntou o primeiro.

– Veneno – disse Sherlock Holmes laconicamente e saiu. – Mais uma coisa, Lestrade – acrescentou virando-se já na porta. – "Rache" é a palavra alemã para "vingança", por isso não perca o seu tempo procurando uma srta. Rachel.

Com essa observação ferina partiu, deixando os dois rivais boquiabertos atrás de si.

Capítulo 4

O que John Rance tinha a dizer

Era uma hora quando saímos do número 3 dos Jardins Lauriston. Sherlock Holmes me levou ao posto telegráfico mais perto, de onde passou um longo telegrama. Depois fez sinal para um carro de aluguel e mandou que o cocheiro nos levasse ao endereço que nos fora dado por Lestrade.

– Não há nada como evidências de primeira mão – observou. – Para falar a verdade, já tirei as minhas conclusões sobre o caso, mas bem que podemos obter todas as informações existentes.

– Você me espanta, Holmes – disse eu. – É claro que você não tem toda essa certeza que aparenta ter sobre os detalhes que forneceu aos policiais.

– Não há possibilidade de erro – respondeu. – A primeira coisa que observei ao chegar à cena do crime foi que um carro de aluguel tinha feito dois sulcos com suas rodas junto ao meio-fio. Ora, até a noite passada não choveu durante toda a semana, de modo que essas rodas que deixaram uma impressão tão profunda devem ter rolado por lá durante a noite. Havia também as marcas dos cascos dos cavalos, e o contorno de um deles era muito mais claramente delineado do que o dos outros três, mostrando que aquela pata tinha uma ferradura nova. Como o carro de aluguel esteve no local depois de a chuva ter começado, e ali não esteve pela manhã (tenho a palavra de Gregson a esse respeito), conclui-se que deve ter estado no lugar durante a noite e que, portanto, deve ter levado os dois indivíduos até a casa.

– Parece bastante simples – disse eu. – Mas e o que me diz da altura do outro homem?

– Ora, a altura de um homem, em nove dentre dez casos, pode ser determinada pelo comprimento de seu passo. É um cálculo bastante simples, embora não faça sentido aborrecê-lo com números. Eu tinha o passo do sujeito tanto no barro do lado de fora quanto na poeira dentro de casa. Depois, eu tinha um meio de checar o meu cálculo. Quando um homem escreve na parede, seu instinto o leva a escrever mais ou menos na altura de seus olhos. Ora, aquelas letras estavam só um pouco acima de um metro e oitenta. Brincadeira de criança.

– E a sua idade? – perguntei.

– Bem, se um homem pode dar uma passada de quase um metro e meio sem o menor esforço, não pode estar nos seus anos murchos. Essa era a largura de uma poça d'água no caminho do jardim que ele evidentemente atravessou. As botas de verniz contornaram a poça d'água, mas as botas de bico quadrado tinham pulado por cima. Não há nenhum mistério. Estou simplesmente aplicando à vida comum alguns daqueles preceitos de observação e dedução que defendi em meu artigo. Há mais alguma coisa que o intriga?

– As unhas e o charuto Trichinopoly – sugeri.

– As letras na parede foram feitas com o dedo indicador de um homem banhado no sangue. A minha lente me permitiu observar que o reboco foi levemente arranhado na operação, o que não teria acontecido se a unha do homem estivesse cortada. Juntei um pouco das cinzas espalhadas pelo chão. Eram de cor escura e flocosas, como só as cinzas de um Trichinopoly sabem ser. Fiz um estudo especial sobre cinzas de charuto... para falar a verdade, escrevi uma monografia sobre o assunto. Eu me vanglorio de saber distinguir com um olhar as cinzas de qualquer marca conhecida, seja de charuto, seja de tabaco. É nesses detalhes que o detetive talentoso se diferencia do tipo de Gregson e Lestrade.

– E o rosto corado? – perguntei.

– Ah, essa foi uma conjetura mais ousada, embora não tenha dúvida de que estou certo. Mas não deve me perguntar sobre isso nesse momento.

Passei a mão pela testa.

– Minha cabeça está num redemoinho – observei. – Quanto mais se pensa neste caso, mais misterioso ele fica. Como é que esses dois homens (se é que havia dois homens) vieram a entrar numa casa vazia? Que fim levou o cocheiro do carro de aluguel que os trouxe? Como é que um homem conseguiu forçar o outro a tomar veneno? De onde veio o sangue? Qual foi o motivo do crime, já que não houve roubo? Como é que apareceu a aliança feminina? Acima de tudo, por que o segundo homem escreveria a palavra alemã RACHE antes de fugir? Confesso que não vejo nenhum modo possível de conciliar todos esses fatos.

Meu companheiro sorriu aprovadoramente.
– Você expõe as dificuldades da situação de forma clara e sucinta – disse. – Há muita coisa que ainda está obscura, embora já tenha tirado as minhas conclusões sobre os fatos principais. Quanto à descoberta do pobre Lestrade, foi simplesmente um subterfúgio destinado a pôr a polícia numa pista falsa, sugerindo socialismo e sociedades secretas. Não foi escrito por um alemão. Se você observasse bem, a forma do A imita um pouco a letra gótica alemã. Ora, um alemão de verdade invariavelmente usa o caractere latino, de modo que podemos afirmar com segurança que o A não foi escrito por um alemão, mas por um imitador desajeitado que exagerou a sua parte. Era simplesmente um ardil para desviar o inquérito para um canal errado. Não vou lhe dizer muito mais sobre o caso, doutor. Você sabe que um mágico não recebe nenhum crédito depois de ter explicado o seu truque, e se eu ficar lhe mostrando como funciona o meu método de trabalho, você vai chegar à conclusão de que sou afinal um sujeito muito comum.
– Jamais chegarei a essa conclusão – respondi. – Você transformou a atividade do detetive numa ciência quase exata de um modo que jamais será igualado neste mundo.

Meu companheiro ruborizou-se de prazer ao ouvir as minhas palavras e o tom sincero com que as pronunciei. Já observara que ele era sensível a elogios sobre a sua arte, como qualquer garota a respeito de sua beleza.

— Vou lhe dizer outra coisa – falou. – As botas de verniz e as botas de bico quadrado vieram no mesmo carro de aluguel, e cruzaram o caminho juntos da forma mais amistosa possível... de braços dados, provavelmente. Quando entraram na casa, caminharam para cima e para baixo na sala... ou melhor, as botas de verniz ficaram paradas, enquanto as botas de bico quadrado caminharam para cima e para baixo. Pude ler tudo isso na poeira, e consegui ver que, ao caminhar, ele ficava cada vez mais agitado. Isso fica claro com a extensão aumentada de suas passadas. Estava falando o tempo todo, e sem dúvida excitando-se até estourar numa fúria. Foi então que ocorreu a tragédia. Agora já lhe disse tudo o que sei, pois o resto é simples suposição e conjetura. Mas temos uma boa base de trabalho como ponto de partida. Devemos nos apressar, pois quero ir ao concerto do Hallé para escutar Norman-Neruda hoje à tarde.

Essa conversa ocorreu enquanto nosso carro percorria seu caminho por uma longa sucessão de ruas sujas e caminhos sombrios. No mais sujo e sombrio de todos, o nosso cocheiro de repente parou.

— Esta é Audley Court – disse, apontando para uma fenda estreita na fileira de tijolos desbotados. – Vão me encontrar aqui, quando voltarem.

Audley Court não era uma localidade atraente. A passagem estreita nos levou a um pátio quadrangular, pavimentado com lajes e cercado por residências sórdidas. Abrimos caminho entre grupos de crianças sujas e varais de roupa desbotada, até chegarmos ao número 46, cuja porta era decorada com um pequena tira de latão em que se achava gravado o nome de Rance. Ao perguntarmos por ele, descobrimos que o policial estava na cama, e fomos introduzidos numa salinha da frente para esperar a sua presença.

Ele enfim apareceu, parecendo um pouco irritado por estar sendo perturbado na sua sesta.

– Já apresentei meu relatório na Central – disse ele.

Holmes tirou meia libra do bolso e ficou brincando com a moeda pensativamente.

– Gostaríamos de ouvir a história de seus próprios lábios – disse.

– Terei o maior prazer de lhes contar tudo o que sei – respondeu o policial, com os olhos na pequena moeda dourada.

– Então nos conte o que aconteceu à sua maneira.

Rance sentou-se no sofá de crina e franziu o sobrolho, como se estivesse determinado a não omitir nada na sua narrativa.

– Vou contar desde o início – disse. – O meu turno é das dez da noite até as seis da manhã. Às onze, houve uma briga no *White Hart*, mas fora isso a minha ronda estava bastante tranquila. À uma hora começou a chover, e encontrei Harry Murcher, o que estava fazendo a ronda de Holland Grove, e ficamos juntos na esquina de Henrietta Street conversando. Então, talvez lá pelas duas ou um pouco depois, resolvi dar uma volta ao redor para ver se estava tudo bem em Brixton Road. Estava tudo bastante sujo e solitário. Nem uma alma encontrei pelo caminho, embora um ou dois carros de aluguel passassem por mim. Estava caminhando devagar, pensando com meus botões como cairia bem uma dose de gim quente de quatro *pence*, quando de repente o lampejo de uma luz me chamou a atenção na janela daquela casa. Ora, sei que as duas casas nos Jardins Lauriston estavam vazias por causa do proprietário, que não quer cuidar dos canos de esgoto, embora o último inquilino que morou numa delas tenha morrido de febre tifoide. Fiquei intrigado, portanto, quando vi uma luz na janela, e suspeitei que alguma coisa estava errada. Quando cheguei à porta...

– Você parou e depois voltou até o portão do jardim – interrompeu meu companheiro. – Por que fez isso?

Rance deu um pulo violento e fitou Sherlock Holmes com a maior perplexidade estampada nas suas feições.

– Ora, é verdade, senhor – disse –, mas como é que conhece esses detalhes, só Deus é que sabe. Entende, quando cheguei à porta, estava tão quieto e solitário que pensei que talvez fosse melhor ter alguém comigo. Não tenho medo de nada deste lado do túmulo, mas pensei que talvez fosse aquele que morreu de tifo, inspecionando os canos que o mataram. O pensamento me deu um susto, e caminhei de volta até o portão para ver se conseguia ver a lanterna de Murcher, mas não havia sinal dele, nem de qualquer outra pessoa.

– Não havia ninguém na rua?

– Nem uma viva alma, senhor, nem sequer um cachorro. Então me recompus, voltei e empurrei a porta. Tudo estava quieto lá dentro, por isso entrei na sala onde a luz estava acesa. Havia uma vela tremulando sobre o consolo da lareira... uma vela vermelha... e a essa luz vi...

– Sim, sei o que você viu. Você caminhou pela sala várias vezes, ajoelhou-se ao lado do corpo, e depois atravessou a sala e tentou abrir a porta da cozinha, e então...

John Rance levantou-se de um salto com a face assustada e uma suspeita nos olhos.

– Onde é que você estava escondido para ver tudo isso? – gritou. – Parece-me que você sabe muito mais do que deveria.

Holmes riu e atirou seu cartão sobre a mesa para o policial.

– Não me prenda pelo assassinato – disse. – Sou um dos cães de caça, não sou o lobo. O sr. Gregson ou o sr. Lestrade responderão por mim. Mas continue. O que você fez depois?

Rance retomou seu lugar, sem, entretanto, perder a sua expressão de perplexidade.

– Voltei para o portão e soprei o meu apito. Isso atraiu Murcher e mais dois para o local.

– A rua estava vazia então?

– Bem, estava quanto a pessoas que podiam ser de alguma utilidade.

– O que quer dizer?

As feições do policial se alargaram num sorriso. – Tenho visto muito camarada bêbado na minha vida – disse –, mas nunca vi ninguém tão bêbado como aquele tipo. Estava no portão quando saí, encostado contra a grade e cantando com toda a força de seus pulmões algo sobre A Nova Bandeira de Colombina, ou qualquer coisa assim. Não conseguia ficar de pé, muito menos ajudar.

– Que tipo de homem ele era?

John Rance parecia um pouco irritado com essa digressão.

– Era um tipo de homem extraordinariamente bêbado – disse. – Ele teria sido recambiado ao posto de polícia, se não estivéssemos tão ocupados.

– O seu rosto... suas roupas... você os notou? – interrompeu Holmes impacientemente.

– Acho que os notei, já que tive de aprumá-lo... eu e Murcher juntos. Era um camarada comprido, com um rosto vermelho, a parte de baixo coberta...

– Isso basta – gritou Holmes. – O que aconteceu com ele?

– Já tínhamos bastante o que fazer sem ter que cuidar dele – disse o policial com uma voz melindrada. – Aposto que acabou encontrando o caminho de casa.

– Como é que ele estava vestido?

– Com um casacão marrom.

– Ele tinha um chicote na mão?

– Um chicote... não.

– Deve tê-lo deixado para trás – resmungou meu companheiro. – Você por acaso não viu ou não ouviu um carro de aluguel depois disso?

– Não.

– Aqui está meia libra para você – disse meu companheiro, levantando-se e pegando o chapéu. – Receio, Rance, que você nunca vai ser promovido na força. Essa sua cabeça não serve só de enfeite, é para ser usada também. Poderia ter ganho as suas divisas de sargento na noite passada. O homem que você teve nas mãos é o homem que tem a chave deste mistério, e a quem estamos procurando. Mas não adianta discutir sobre isso agora, estou lhe dizendo que assim é. Vamos, doutor.

Partimos juntos em direção ao carro de aluguel, deixando o nosso informante incrédulo, mas obviamente desconfortável.

– O imbecil trapalhão! – disse Holmes amargamente, enquanto nos dirigíamos ao nosso apartamento. – Pense só que ele teve esse incomparável lance de sorte e não aproveitou.

– Ainda estou um tanto no escuro. É verdade que a descrição desse homem corresponde com a sua ideia do segundo participante no mistério. Mas por que ele voltaria à casa depois de abandoná-la? Não é uma ação comum entre os criminosos.

– O anel, homem, o anel: é por isso que ele voltou. Se não tivermos outra maneira de pegá-lo, sempre poderemos usar o anel como isca. Vou pegá-lo, doutor. Aposto com você dois contra um que vou pegá-lo. Devo lhe agradecer por tudo isso. Se não fosse por você, não teria saído de casa e teria perdido o estudo mais sofisticado que já encontrei: um estudo em vermelho, hein? Por que não deveríamos usar um pouco do jargão do ofício? O fio vermelho do assassinato corre pela trama sem cor da vida, e nosso dever é desenredá-lo, isolá-lo e expor cada um de seus milímetros. E agora vamos almoçar, e depois Norman-Neruda. O modo como ela ataca as frases e maneja o arco é esplêndido. Qual é aquela pequena peça de Chopin que ela toca tão maravilhosamente: Tra-la-la-lira-lira-lei.

Recostando-se no carro de aluguel, o detetive amador continuou a cantarolar como uma cotovia, enquanto eu meditava sobre as múltiplas facetas da mente humana.

Capítulo 5

O nosso anúncio atrai uma visita

Os trabalhos da manhã tinham sido demasiados para a minha saúde fraca, e eu me sentia cansado à tarde. Depois que Holmes saiu para o concerto, eu me deitei no sofá e procurei tirar algumas horas de sono. Tentativa vã. A minha mente fora muito excitada por tudo o que ocorrera, e as fantasias e suposições mais estranhas a povoavam. Toda vez que fechava os olhos, via diante de mim o semblante distorcido e simiesco do assassinado. Tão sinistra era a impressão que essa face produzira sobre mim que achava difícil sentir outra coisa a não ser gratidão por aquele que livrara o mundo do dono desse rosto. Se algum dia feições humanas revelaram vício do tipo mais maligno, foram certamente as de Enoch J. Drebber, de Cleveland. Ainda assim, reconhecia que a justiça devia ser feita, e que a depravação da vítima não era nenhuma justificativa aos olhos da lei.

Quanto mais pensava no assunto, mais extraordinária me parecia a hipótese de meu companheiro, de que o homem fora envenenado. Lembrava que ele cheirara os lábios do morto, e não tinha dúvida de que detectara algo que dera origem a essa ideia. Além disso, se não fosse veneno, o que causara a morte do homem, uma vez que não havia ferimento, nem marcas de estrangulamento? Mas, por outro lado, de quem era o sangue que havia com tanta abundância no chão? Não havia sinais de luta, nem a vítima tinha alguma arma com que pudesse ter ferido o antagonista. Enquanto todas essas perguntas não fossem respondidas, sentia que o sono não seria uma questão fácil, para Holmes ou para mim. A sua maneira tranquila e autoconfiante me convenceu de que ele já formara uma teoria que explicava todos os fatos, embora eu não conseguisse nem por um instante conjeturar qual fosse.

Ele levou muito tempo para retornar ao apartamento. Chegou tão tarde que eu sabia que toda essa demora não poderia ser atribuída apenas ao concerto. O jantar já estava servido quando ele apareceu.

– Foi magnífico – disse, enquanto tomava seu lugar. – Você se lembra do que Darwin diz a respeito da música? Ele afirma que o poder de produzi-la e apreciá-la existia entre a raça humana muito antes do poder da fala. Talvez seja por isso que somos tão sutilmente influenciados pela música. Há vagas lembranças em nossas almas daqueles séculos nebulosos, quando o mundo ainda estava na infância.

– É uma ideia muito vasta – observei.

– As nossas ideias devem ser tão vastas quanto a natureza, se quisermos interpretar a natureza – respondeu. – Qual é o problema? Você não parece estar nos seus melhores dias. Esse caso de Brixton Road o perturbou.

– Para falar a verdade, me perturbou, sim – disse. – Devia estar mais calejado depois das minhas experiências afegãs. Vi meus camaradas serem cortados em pedaços em Maiwand, sem perder o sangue-frio.

– Posso compreender. Há um mistério nesse caso que estimula a imaginação. Onde não há imaginação, não há horror. Você viu o jornal da tarde?

– Não.

– Dá uma notícia bastante boa de todo o caso. Mas não menciona o fato de que uma aliança feminina caiu no chão, quando o homem foi erguido. Ainda bem que nada diz sobre isso.

– Por quê?

– Veja este anúncio – respondeu. – Mandei um para cada jornal hoje de manhã, imediatamente depois do caso.

Atirou o jornal para mim, e eu dei uma olhada no lugar indicado. Era o primeiro anúncio na coluna de "Achados e Perdidos". "Em Brixton Road, hoje de manhã", dizia, "uma aliança de ouro puro, encontrada na rua entre White Hart Tavern e Holland Grove. Procurar dr. Watson, 221B, Baker Street, entre as oito e nove horas da noite".

– Desculpe-me por ter usado o seu nome – disse ele. – Se usasse o meu, alguns desses estúpidos o reconheceria e iria querer se intrometer na história.

– Não há problema – respondi. – Mas, supondo-se que alguém me procure, não tenho nenhum anel.

– Oh, sim, você tem – disse ele, entregando-me um anel. – Este servirá. É quase uma cópia.

– E quem você espera que vá responder a esse anúncio?

– Ora, o homem do casacão marrom... nosso amigo corado com as botas de bico quadrado. Se ele não vier pessoalmente, vai mandar um cúmplice.

– Ele não acharia demasiado arriscado expor-se desse modo?

– Nem um pouco. Se a minha visão do caso está correta, e tenho todas as razões para acreditar que esteja, este homem preferiria correr qualquer risco a perder o anel. Segundo minha ideia, ele o deixou cair quando se debruçava sobre o corpo de Drebber, e não deu pela sua falta naquele momento. Depois de sair da casa, percebeu a perda e voltou apressado, mas descobriu o policial já no local, devido à sua loucura de deixar a vela acesa. Teve de se fingir de bêbado para eliminar as suspeitas que a sua presença junto ao portão poderia ter despertado. Agora ponha-se no lugar desse homem. Ao pensar de novo sobre o que acontecera, deve ter lhe ocorrido que poderia ter perdido o anel na rua depois de sair da casa. O que faria então? Leria ansiosamente todos os jornais da tarde na esperança de descobri-lo entre os artigos encontrados. O seu olhar pousaria sem dúvida sobre o nosso anúncio. Ficaria felicíssimo. Por que deveria temer uma armadilha? A seus olhos, não haveria razão para que a descoberta do anel fosse conectada com o assassinato. Ele viria. Ele vai vir. Você vai vê-lo dentro de uma hora.

– E então? – perguntei.

– Oh, pode deixar que eu cuido dele. Você tem alguma arma?

– Tenho o meu velho revólver do exército e alguns cartuchos.

— É melhor limpá-lo e carregá-lo. Ele é um homem temerário e, embora eu vá pegá-lo desavisado, é melhor estarmos prevenidos para tudo.

Fui até meu quarto e segui seus conselhos. Quando retornei com a minha pistola, a mesa fora desfeita, e Holmes estava mergulhado na sua ocupação favorita de arranhar as cordas do violino.

— A trama se complica — disse ele, quando entrei. — Acabo de receber uma resposta para o meu telegrama americano. A minha visão do caso está correta.

— E qual é a sua visão? — perguntei ansiosamente.

— O meu violino precisa de novas cordas — observou. — Ponha a pistola no bolso. Quando o sujeito chegar, fale com ele normalmente. Deixe o resto comigo. Não o assuste com um olhar muito persistente.

— Já são oito horas — disse eu, olhando para o meu relógio de pulso.

— Sim. Ele vai aparecer provavelmente dentro de alguns minutos. Abra um pouco a porta. Assim está bem. Agora ponha a chave por dentro. Obrigado! Este é um velho livro singular que comprei numa banca ontem. *De Jure inter Gentes*, publicado em latim, em Liège, nos Países Baixos, em 1642. A cabeça de Charles ainda estava firme sobre os ombros, quando este pequeno volume de lombada marrom foi impresso.

— Quem é o impressor?

— Philippe de Croy, seja lá quem tenha sido. Na guarda, em tinta muito apagada, está escrito "Ex libris Gulielmi Whyte". Gostaria de saber quem foi William Whyte. Um advogado pragmático do século XVII, talvez. A sua letra tem um trejeito legal. Acho que o nosso homem está chegando.

Enquanto falava, ouviu-se um toque estridente na campainha. Sherlock Holmes levantou-se suavemente e empurrou a sua poltrona na direção da porta. Escutamos a criada passar ao longo do corredor, e o clique agudo do trinco enquanto ela abria a porta.

– O dr. Watson mora aqui? – perguntou uma voz clara, mas um tanto áspera. Não conseguimos escutar a resposta da criada, mas a porta se fechou, e alguém começou a subir a escada. Os passos eram incertos e arrastados. Quando os ouviu, uma expressão de surpresa passou pelo rosto de meu companheiro. Os passos percorreram devagar a passagem, e ouviu-se uma batida fraca na porta.

– Entre – gritei.

À minha ordem, em vez do homem violento que estávamos esperando, entrou cambaleando no apartamento uma mulher muito velha e enrugada. Ela pareceu ficar ofuscada pelo clarão repentino da luz e, depois de fazer uma mesura, continuou parada, piscando para nós com seus olhos lacrimejantes e mexendo na sua bolsa com os dedos nervosos e trêmulos. Olhei para o meu companheiro, e sua face tinha assumido uma expressão tão desconsolada que tive de fazer esforço para não rir.

A velha puxou um jornal da tarde e apontou para o nosso anúncio.

– É isto o que me trouxe até aqui, meus caros cavalheiros – disse ela, fazendo outra mesura. – Uma aliança de ouro em Brixton Road. Pertence à minha filha Sally, casada apenas há um ano, e seu marido é criado de bordo de um navio da Union, e nem me atrevo a pensar no que ele diria se voltasse para casa e descobrisse que ela perdeu o anel, ele já é muito rude no melhor dos seus dias, mas muito mais rude quando bebe. Se quiserem saber, ela foi ao circo na noite passada junto com...

– Esta é a sua aliança? – perguntei.

– Deus seja louvado! – gritou a velha. – Sally vai ser uma mulher feliz hoje à noite. É a aliança.

– E qual é o seu endereço – perguntei pegando um lápis.

– Duncan Street, nº 13, Houndsditch. Muito longe daqui.

– A Brixton Road não fica no caminho entre nenhum circo e Houndsditch – disse Sherlock Holmes rispidamente.

A velha voltou o rosto e olhou atentamente para ele com seus olhinhos orlados de vermelho.

– O cavalheiro me pediu o *meu* endereço – disse ela. – Sally mora num quarto em Mayfield Place, 3, Peckham.

– E o seu nome é...?

– O meu nome é Sawyer... o dela é Dennis, foi Tom Dennis que se casou com ela. Um garoto inteligente, limpo, quando está no mar, nenhum criado de bordo na companhia é mais respeitado que ele. Mas quando está em terra, a confusão que arma com mulheres e nos bares...

– Aqui está a sua aliança, sra. Sawyer – interrompi, obedecendo a um sinal de meu companheiro. – Ela claramente pertence à sua filha, e me alegro de poder restituí-la ao seu legítimo dono.

Com muitas bênçãos resmungadas e juras de gratidão, a velha guardou a aliança na bolsa e desceu a escada arrastando os pés. Sherlock Holmes deu um pulo assim que ela saiu e entrou correndo no seu quarto. Voltou poucos segundos depois embrulhado num casacão e numa gravata.

– Vou segui-la – disse apressadamente. – Ela deve ser uma cúmplice, e vai me levar até o assassino. Espere por mim. – A porta do corredor ainda nem tinha batido atrás de nossa visita, e Holmes já chegava ao pé da escada. Olhando pela janela, pude vê-la caminhando com dificuldade ao longo do outro lado da rua, enquanto o seu perseguidor a seguia a uma pequena distância. "Ou toda a sua teoria está errada", pensei comigo mesmo, "ou ele será levado agora até o coração do mistério." Ele nem precisava pedir que eu o aguardasse, pois eu sentia que o sono seria impossível antes de saber o resultado da sua aventura.

Eram quase nove horas quando ele partiu. Eu não tinha ideia de quanto tempo se demoraria, mas fiquei impassivelmente sentado, fumando meu cachimbo e folheando as páginas de *Vie de Bohème,* de Henri Murger. Soaram as dez horas, e ouvi os passos da criada seguindo apressados para a cama. Onze horas, e o caminhar mais imponente da proprietária passou pela minha porta rumo ao mesmo destino. Já era quase meia-noite quando ouvi o som estridente da sua chave na porta da frente. No instante em que entrou, vi pela sua cara que não tivera sucesso. Divertimento e pesar pareciam estar lutando para dominá-lo, até que o primeiro de repente ganhou a parada, e ele explodiu numa sonora gargalhada.

– Não gostaria que os policiais da Scotland Yard soubessem disso por nada deste mundo – gritou, deixando-se cair na poltrona. – Tenho caçoado tanto deles que nunca me deixariam em paz. Posso me dar ao luxo de rir, porque sei que no final vou acertar contas com eles.

– O que aconteceu? – perguntei.

– Oh, não me importo de lhe contar uma história que me desabona. Aquela criatura já andara um pouco, quando começou a mancar e a dar todos os sinais de que tinha o pé machucado. Ela então parou e chamou um carro de quatro rodas que estava passando. Consegui me postar bem perto dela para ouvir o endereço, mas não precisava ser tão ansioso, pois ela o pronunciou em voz bem alta a ponto de ser ouvida no outro lado da rua: "Vá para Duncan Street, nº 13, Houndsditch", gritou. Isso começa a parecer genuíno, pensei, e depois de vê-la segura dentro do carro, eu me empoleirei na parte detrás. Essa é uma arte em que todo detetive deveria se especializar. Bem, partimos chocalhando, e só diminuímos a marcha quando chegamos à rua em questão. Saltei antes de chegarmos à porta da casa, e caminhei pela rua com o modo tranquilo de quem está passeando. Vi o carro se deter. O cocheiro saltou para o chão, e eu o vi abrir a porta e ficar de pé esperando. Mas ninguém saiu do carro. Quando o alcancei, ele estava freneticamente revistando o carro vazio e dando vazão à coleção mais variada de pragas que já ouvi. Não havia sinal, nem vestígio da sua passageira, e receio que ele vai levar um bom tempo para receber o dinheiro da corrida. Ao perguntar no nº 13, descobrimos que a casa pertencia a um respeitável forrador de paredes, chamado Keswick, e que os moradores nunca tinham ouvido falar de ninguém chamado Sawyer ou Dennis.

– Você está querendo me dizer – gritei perplexo – que aquela velha fraca e cambaleante foi capaz de sair do carro em movimento, sem que você ou o cocheiro a vissem?

– Velha uma ova! – disse Sherlock Holmes rispidamente. – Nós é que fomos as velhas por termos nos deixado enganar desse modo. Devia ser um jovem, muito ativo, além de ser um ator incomparável. A representação foi inigualável. Ele viu que estava sendo seguido, sem dúvida, e usou esse meio para me despistar. Isso mostra que o homem que estamos procurando não é afinal tão solitário como eu imaginava, mas tem amigos dispostos a correr riscos por ele. Siga meu conselho e vá dormir.

Eu certamente estava me sentindo muito cansado, por isso obedeci à sua recomendação. Deixei Holmes sentado em frente ao fogo em brasa, e ao longo das vigílias da noite escutei os gemidos baixos e melancólicos de seu violino. Sabia que ele ainda estava meditando sobre o estranho problema que decidira desvendar.

Capítulo 6

Tobias Gregson mostra o que sabe fazer

Os jornais do dia seguinte estavam cheios de matérias sobre o "Mistério de Brixton Road", como o chamavam. Cada um tinha um longo relato do caso, e alguns apresentavam, além disso, editoriais sobre o crime. Não li nenhuma informação que fosse nova para mim. Ainda guardo no meu álbum inúmeros recortes e trechos sobre o caso. Eis o resumo de alguns deles:

O *Daily Telegraph* observava que era rara na história do crime uma tragédia que apresentasse características mais estranhas. O nome alemão da vítima, a ausência de qualquer outro motivo e a inscrição sinistra na parede, tudo apontava para um crime cometido por refugiados políticos e revolucionários. Os socialistas tinham muitas ramificações na América, e o morto sem dúvida infringira suas leis não escritas, passando a ser alvo de sua perseguição. Depois de aludir vagamente ao Vehmgericht, à aqua tofana, aos carbonários, à Marquesa de Brinvilliers, à teoria darwiniana, aos princípios de Malthus e aos assassinatos de Ratcliff Highway, o artigo concluía admoestando o governo e advogando maior vigilância sobre os estrangeiros na Inglaterra.

O *Standard* comentava o fato de que violências dessa ordem geralmente ocorriam sob um governo liberal. Nasciam da inquietação das massas e do consequente enfraquecimento de toda autoridade. O morto era um cavalheiro americano que residira durante algumas semanas na metrópole. Ficara hospedado na pensão de Madame Charpentier, em Torquay Terrace, Camberwell. Nas suas viagens, fazia-se acompanhar de seu secretário particular, o sr. Joseph Stangerson. Os dois se despediram da dona da pensão na terça-feira, dia 4 do mês em curso, e seguiram para Euston Station com a intenção expressa de pegar o trem para Liverpool. Mais tarde foram vistos juntos sobre a plataforma. Nada mais se soube deles até o corpo do sr. Drebber ser descoberto, conforme registrado, numa casa vazia em Brixton Road, a muitos quilômetros de Euston. Como é que chegou até lá ou como foi que encontrou seu destino são perguntas que ainda estão envoltas em mistério. Nada se sabe do paradeiro do sr. Stangerson. Ficamos contentes de saber que o sr. Lestrade e o sr. Gregson, da Scotland Yard, estão ambos investigando essa história, e espera-se confiantemente que os dois famosos policiais logo esclareçam o caso.

O *Daily News* observava que não havia dúvida de que o crime era político. O despotismo e o ódio ao liberalismo que animavam os governos continentais tinham produzido o efeito de trazer até nossas praias vários homens que poderiam se revelar excelentes cidadãos, se não abrigassem nos corações a amargura de tudo o que tinham sofrido. Entre esses homens, havia um código rigoroso de honra, qualquer infração era punida com a morte. Todo e qualquer esforço devia ser feito para encontrar o secretário, Stangerson, e para verificar alguns detalhes particulares dos hábitos do morto. Um grande passo nas investigações fora a descoberta do endereço da casa em que tinham se hospedado, um resultado inteiramente devido à sagacidade e energia do sr. Gregson, da Scotland Yard.

Sherlock Holmes e eu lemos essas notas juntos no café da manhã, e elas aparentemente o divertiram muito.

– Eu não lhe disse? Aconteça o que acontecer, Lestrade e Gregson vão marcar um tento.

– Isso vai depender da solução do caso.

– Oh, céus, não faz a menor diferença. Se o homem for preso, será *por causa de* seus esforços; se ele escapar, será *a despeito de* seus esforços. É cara, eu ganho, e coroa, você perde. Não importa o que façam, sempre terão seguidores. *"Un sot trouve toujours un plus sot qui l'admire"*.*

– Meu Deus, o que é isso? – gritei, pois nesse momento ouviu-se o tropel de muitos passos no corredor e na escada, acompanhados por expressões audíveis de desgosto da parte de nossa proprietária.

– É a divisão Baker Street da força policial investigativa – disse meu companheiro solenemente. Enquanto falava, entraram correndo na sala uma meia dúzia dos meninos de rua mais sujos e mais esfarrapados em que já pus os olhos.

---

* "Um imbecil sempre encontra outro ainda mais imbecil que o admira." (N.T.)

– Atenção! – gritou Holmes, num tom ríspido, e os seis pequenos miseráveis se alinharam como um bando de estatuetas vergonhosas. – No futuro devem mandar Wiggins sozinho para apresentar o relatório, e o resto deve esperar na rua. Vocês o encontraram, Wiggins?

– Não, senhor, não encontramos – disse um dos meninos.

– Não esperava que o encontrassem. Mas devem continuar a procurar até encontrar. Aqui estão os seus soldos. – Entregou um xelim a cada um. – Agora, sumam e voltem com um relatório melhor na próxima vez.

Acenou com a mão, e eles dispararam pela escada como um bando de ratos, e logo escutamos suas vozes agudas na rua.

– É possível obter mais informações de um desses pequenos mendigos do que de uma dúzia de policiais – observou Holmes. – A mera visão de uma pessoa de aparência oficial sela os lábios dos homens. Esses jovens, no entanto, andam por toda parte e escutam tudo. São inteligentes, também, só precisam é de organização.

– É neste caso de Brixton que você os está empregando? – perguntei.

– Sim, há um ponto que gostaria de verificar. É apenas uma questão de tempo. Olá! Agora vamos ouvir algumas notícias em tom de vingança! Ali vem Gregson descendo a rua com um ar de beatitude escrito em cada uma das linhas de seu rosto. Para a nossa residência, certamente. Sim, está parando. Ei-lo!

Ouviu-se um toque violento na campainha, e em poucos segundos o detetive louro subia a escada, três degraus de cada vez, e irrompia na nossa sala.

– Meu caro amigo – gritou, apertando a mão inerte de Holmes –, me dê os parabéns! Consegui esclarecer toda a história.

Uma sombra de ansiedade pareceu cruzar a face expressiva de meu companheiro.

– Você quer dizer que está na pista certa? – ele perguntou.

– Na pista certa! Ora, senhor, eu já tenho o homem preso e trancafiado.

– E o seu nome é?

– Arthur Charpentier, subtenente da Marinha de Sua Majestade – gritou Gregson pomposamente, esfregando as mãos gordas e inflando o peito.

Sherlock Holmes deu um suspiro de alívio e relaxou sorrindo.

– Sente-se e experimente um desses charutos – disse. – Estamos ansiosos por saber como foi que você conseguiu. Vai querer um uísque com água?

– Não tenho nada contra – respondeu o detetive. – Os tremendos esforços que despendi durante os dois últimos dias me esgotaram. Não foram tanto os esforços físicos, compreendam, mas a pressão sobre a mente. Você vai gostar dessa história, sr. Sherlock Holmes, pois somos ambos operários cerebrais.

– Você me lisonjeia – disse Holmes seriamente. – Vamos ouvir como é que você chegou a este resultado tão satisfatório.

O detetive se sentou na poltrona, e complacentemente tirou baforadas de seu charuto. Depois, de repente, deu um tapa na coxa num paroxismo de regozijo.

– O mais engraçado – gritou – é que o imbecil do Lestrade, que se acha inteligente, seguiu a pista totalmente errada. Ele está atrás do secretário Stangerson, que teve tanto a ver com o crime quanto um bebê ainda não nascido. Não tenho dúvida de que ele já o encontrou a esta altura.

A ideia o divertia tanto que Gregson riu até se engasgar.

– E como é que você descobriu a pista?

– Ah, vou lhes contar toda a história. É claro, dr. Watson, que isso fica estritamente entre nós. A primeira dificuldade que tivemos de enfrentar foi descobrir os antecedentes desse americano. Algumas pessoas teriam esperado até que seus anúncios fossem respondidos, ou até que aparecessem voluntários para dar informações. Mas esse não é o modo de Tobias Gregson trabalhar. Você se lembra da cartola ao lado do morto?

– Sim – disse Holmes –, feita por John Underwood and Sons, 129, Camberwell Road.

Gregson ficou de crista caída.

– Não tinha ideia de que você notara esse detalhe – disse. – Você foi até lá?

– Não.

– Ah! – gritou Gregson com uma voz aliviada. – Nunca deveria desprezar uma chance, por menor que pareça.

– Para uma grande inteligência, nada é pequeno – observou Holmes sentenciosamente.

– Bem, fui procurar Underwood, e lhe perguntei se tinha vendido uma cartola com aquele tamanho e descrição. Ele examinou os seus livros, e encontrou o artigo imediatamente. Tinha enviado a cartola para um sr. Drebber, residente na Pensão Charpentier, Torquay Terrace. Foi assim que consegui o seu endereço.

– Inteligente... muito inteligente – murmurou Sherlock Holmes.

– A seguir fui procurar Madame Charpentier – continuou o detetive. – Eu a encontrei muito pálida e aflita. A sua filha também estava na sala... uma garota extraordinariamente bela. Tinha os olhos vermelhos, e os lábios tremiam quando falei com ela. Isso não me passou despercebido. Comecei a sentir o cheiro da presa. Você conhece essa sensação, sr. Sherlock Holmes, quando se encontra a pista certa... um frêmito que corre pelo corpo. "A senhora ouviu falar da misteriosa morte de seu ex-hóspede, o sr. Enoch J. Drebber, de Cleveland?", perguntei.

– A mãe fez que sim com a cabeça. Ela não parecia capaz de pronunciar uma palavra. A filha explodiu em lágrimas. Mais do que nunca senti que essas duas pessoas sabiam alguma coisa sobre o caso.

– "E a que horas o sr. Drebber saiu de sua casa para pegar o trem?", perguntei.

– "Às oito horas", disse ela, engolindo em seco para acalmar sua agitação. "O seu secretário, o sr. Stangerson, disse que havia dois trens, um às 9h15 e um às 11h. Ele devia pegar o primeiro."

– "E essa foi a última vez que o viu?"

– Uma mudança terrível ocorreu no rosto da mulher, quando lhe fiz essa pergunta. As suas feições se tornaram completamente lívidas. Só depois de alguns segundos é que ela conseguiu pronunciar uma única palavra, "Sim". E quando o fez, foi num tom grave e não natural.

– Fez-se silêncio por um momento, e então a filha falou numa voz calma e clara.

– "Nada de bom pode vir da falsidade, mãe", disse ela. "Vamos ser francas com este cavalheiro. Nós vimos o sr. Drebber de novo."

– "Que Deus a perdoe!", gritou Madame Charpentier, atirando as mãos para o alto e afundando na sua cadeira. "Você assassinou seu irmão."

– "Arthur teria preferido que falássemos a verdade", respondeu a garota com firmeza.

– "É melhor que me contem tudo agora", disse eu. "Uma meia confidência é pior que nenhuma. Além disso, vocês não sabem o quanto nós sabemos a respeito do caso."

– "A responsabilidade é sua, Alice!", gritou a mãe, e depois voltando-se para mim: "Vou lhe contar tudo, senhor. Não imagine que minha agitação por causa de meu filho seja por algum receio de que ele esteja comprometido neste caso terrível. Ele é inteiramente inocente. O meu temor é, no entanto, que, a seus olhos e aos olhos dos outros, ele possa parecer estar envolvido. Mas isso é certamente impossível. O seu caráter probo, a sua profissão, os seus antecedentes, tudo proibiria tal opinião."

– "O melhor que a senhora tem a fazer é contar todos os fatos", respondi. "Pode confiar em mim, se seu filho é inocente, nada lhe acontecerá."

– "Alice, talvez seja melhor que você nos deixe a sós agora", disse ela, e a filha se retirou. "Agora, senhor", continuou, "não tinha a intenção de lhe contar tudo isso, mas como minha pobre filha o revelou, não tenho outra alternativa. Uma vez decidida a falar, vou lhe contar tudo sem omitir nada."

– "É a atitude mais sábia", disse eu.

– "O sr. Drebber esteve conosco durante quase três semanas. Ele e seu secretário, o sr. Stangerson, andaram viajando pelo continente. Notei uma etiqueta de Copenhague em cada uma de suas malas, revelando que essa cidade fora o último lugar em que estiveram. Stangerson era um homem quieto e reservado, mas o seu patrão, lamento dizer, era muito diferente. Tinha hábitos grosseiros e maneiras rudes. Na mesma noite em que chegaram, tornou-se muito pior por ter bebido demais, e, na verdade, depois do meio-dia mal se podia dizer que estivesse sóbrio. Os seus modos com as criadas eram nitidamente livres e familiares. E o pior de tudo, ele logo assumiu a mesma atitude com a minha filha Alice, e falou com ela mais de uma vez de um modo que, felizmente, ela é demasiado inocente para compreender. Numa ocasião, ele na verdade a agarrou nos braços e a beijou, um abuso que fez seu secretário repreendê-lo por sua conduta vergonhosa."

– "Mas por que a senhora tolerou tudo isso?", perguntei. "Suponho que pode se livrar de seus hóspedes, quando assim o desejar."

– Madame Charpentier se ruborizou com a minha pergunta pertinente. "Oxalá tivesse lhe dado ordens para deixar a pensão no mesmo dia em que chegou", disse. "Mas era uma tentação muito forte. Estavam pagando uma libra por dia cada um... quatorze libras por semana, e esta é a temporada fraca. Sou viúva, e o meu filho na Marinha tem me dado muitas despesas. Relutei em perder o dinheiro. Agi com a melhor das intenções. Mas a última cena foi demais, e eu lhe avisei que devia ir embora. Essa foi a razão da sua partida."

– "E então?"

– "Meu coração ficou mais leve quando o vi se afastar no carro de aluguel. Meu filho está de licença no momento, mas eu não lhe disse nada do que aconteceu, porque o seu temperamento é violento, e ele tem paixão pela irmã. Quando fechei a porta atrás deles, foi como se uma carga tivesse sido tirada da minha mente. Ai de mim, em menos de uma hora alguém bateu na campainha, e fiquei sabendo que o sr. Drebber tinha retornado. Ele estava muito agitado, e evidentemente muito bêbado. Entrou à força na sala, onde eu estava com a minha filha, e fez um comentário incoerente sobre ter perdido o trem. Depois virou-se para Alice e, na minha presença, propôs que ela fugisse com ele. 'Você já é maior', disse ele, 'e não há nenhuma lei que possa impedi-la de partir. Eu tenho bastante dinheiro para gastar. Não dê ouvidos a esta velha, venha comigo imediatamente. Vai viver como uma princesa.' A pobre Alice estava tão assustada que se encolheu e se afastou, mas ele a pegou pelo pulso e procurou levá-la para a porta. Gritei, e nesse momento meu filho Arthur entrou na sala. O que aconteceu então, não sei. Ouvi pragas e os sons confusos de uma luta. Estava aterrorizada demais para levantar a cabeça. Quando finalmente levantei os olhos, vi Arthur parado no vão da porta rindo, com um pedaço de pau na mão. 'Não acho que esse sujeito vá nos incomodar de novo' – disse ele. 'Vou atrás dele para ver o que vai arrumar.' Com essas palavras, pegou o seu chapéu e começou a descer a rua. Na manhã seguinte, ficamos sabendo da misteriosa morte do sr. Drebber."

– Essa declaração saiu dos lábios de Madame Charpentier com muitos suspiros e pausas. Às vezes ela falava tão baixo que eu mal conseguia escutar suas palavras. Tomei notas estenográficas de tudo o que ela disse, entretanto, para que não houvesse a possibilidade de um erro.

– É uma história emocionante – disse Sherlock Holmes com um bocejo. – O que aconteceu a seguir?

– Quando Madame Charpentier fez uma pausa – continuou o detetive –, vi que todo o caso girava em torno de um ponto. Fitando-a com um olhar que sempre me pareceu funcionar com as mulheres, perguntei a que horas o seu filho retornara.

– "Não sei", ela respondeu.

– "Não sabe?"

– "Não. Ele tem uma chave, não precisa tocar a campainha."

– "Foi depois que a senhora já estava deitada?"
– "Sim."
– "E quando se deitou?"
– "Lá pelas onze."
– "Então o seu filho esteve fora durante pelo menos duas horas?"
– "Sim."
– "Talvez quatro ou cinco?"
– "Sim."
– "O que ele fez nesse meio tempo?"
– "Não sei", respondeu, tornando-se branca até nos lábios.

– Bem, depois disso, não havia mais nada a fazer. Descobri onde estava o tenente Charpentier, levei dois policiais comigo e o prendi. Quando bati no seu ombro e avisei que viesse tranquilamente conosco, ele nos respondeu com desfaçatez: "Suponho que estejam me prendendo por causa da morte daquele patife do Drebber". Nada tínhamos dito a esse respeito, de modo que o fato de ele aludir ao caso tinha um aspecto muito suspeito.

– Muito – disse Holmes.

– Ainda tinha o pedaço de pau pesado com que a mãe o descreveu, quando ele seguiu Drebber. Era um forte bordão de carvalho.

– Qual é a sua teoria então?

– Bem, a minha teoria é que ele seguiu Drebber até Brixton Road. Ali surgiu uma nova altercação entre eles, durante a qual Drebber recebeu um golpe do bordão, na boca do estômago talvez, o que o matou sem deixar marca. A noite estava tão chuvosa que não havia ninguém por perto, assim Charpentier arrastou o corpo da sua vítima para dentro da casa vazia. Quanto à vela, ao sangue, à palavra escrita na parede e ao anel, todos podem ser truques para desviar a polícia da pista certa.

– Um trabalho muito bem feito! – disse Holmes com voz encorajadora. – Realmente, Gregson, você está se saindo muito bem. Ainda vamos ouvir falar de você.

– Eu me vanglorio de ter conseguido resolver o caso de forma tão eficiente – respondeu o detetive orgulhosamente. – O jovem deu voluntariamente uma declaração, em que disse que, depois de seguir Drebber por algum tempo, o americano o percebeu e pegou um carro de aluguel para se ver livre dele. No caminho de volta para casa, encontrara um velho companheiro de navio com quem dera um longo passeio. Quando lhe perguntamos onde morava esse velho companheiro de navio, ele foi incapaz de dar uma resposta satisfatória. Acho que todo o caso se resolve extraordinariamente bem. O que me diverte é pensar em Lestrade, que seguiu a pista errada. Receio que não vá encontrar grande coisa. Ora, céus, eis o próprio homem!

Era na verdade Lestrade, que subira as escadas enquanto conversávamos, e que agora entrava na sala. Mas a segurança e elegância que geralmente marcavam as suas maneiras e modo de vestir tinham desaparecido. O seu rosto estava perturbado e preocupado, enquanto as roupas estavam desalinhadas e sujas. Tinha evidentemente vindo com a intenção de consultar Sherlock Holmes, pois ao perceber seu colega pareceu embaraçado e confuso. Ficou parado no centro da sala, manuseando nervosamente o chapéu e sem saber o que fazer.

– Este é um caso muito extraordinário – disse por fim. – Um caso muito incompreensível.

– Ah, é o que você acha, sr. Lestrade! – gritou Gregson triunfantemente. – Achei que você chegaria a essa conclusão. Conseguiu encontrar o secretário, o sr. Joseph Stangerson?

– O secretário, o sr. Joseph Stangerson – disse Lestrade gravemente –, foi assassinado no Hotel Halliday mais ou menos às seis horas da manhã de hoje.

Capítulo 7

Luz na escuridão

A notícia que Lestrade nos deu era tão grave e tão inesperada que ficamos todos os três bastante estarrecidos. Gregson pulou de sua cadeira e derrubou o resto de seu uísque com água. Fitei em silêncio Sherlock Holmes, que tinha os lábios comprimidos e as sobrancelhas cerradas sobre os olhos.

– Stangerson também! – murmurou. – A trama se complica.

– Já estava bastante complicada antes disso – resmungou Lestrade, tomando uma das cadeiras. – Tenho a impressão de que cheguei no meio de uma espécie de conselho de guerra.

– Você tem... você tem certeza dessa informação? – gaguejou Gregson.

– Acabo de vir do seu quarto – disse Lestrade. – Fui o primeiro a descobrir o que ocorreu.

– Nós estivemos escutando a visão de Gregson sobre o caso – observou Holmes. – Você se importaria de nos contar o que viu e fez?

– Nenhuma objeção – respondeu Lestrade, sentando-se. – Confesso de bom grado que achava que Stangerson estivesse envolvido com a morte de Drebber. Essa nova ocorrência me mostrou que estava redondamente enganado. Com essa ideia na cabeça, me pus a verificar o que acontecera com o secretário. Eles tinham sido vistos juntos em Euston Station lá pelas oito e meia da noite do dia três. Às duas da madrugada, Drebber fora encontrado em Brixton Road. O problema que tinha diante de mim era descobrir como Stangerson empregara o seu tempo entre as 8h30 e a hora do crime, e o que lhe acontecera depois. Telegrafei para Liverpool, dando uma descrição do homem, e pedindo que vigiassem os navios americanos. Depois comecei a verificar todos os hotéis e pensões nos arredores de Euston. Vejam, eu achava que se Drebber e seu companheiro tinham se separado, a atitude natural do último seria pernoitar em algum lugar por perto, para voltar à estação na manhã seguinte.

– Eles provavelmente tinham um ponto de encontro marcado de antemão – observou Holmes.

– Foi o que se descobriu. Passei toda a tarde de ontem fazendo investigações inteiramente sem resultados. Hoje de manhã comecei muito cedo, e às oito horas cheguei ao Halliday's Private Hotel, em Little George Street. Quando perguntei se ali estava hospedado um certo sr. Stangerson, logo me responderam afirmativamente.

– "Sem dúvida, o senhor é o cavalheiro que ele está esperando", disseram. "Há dois dias que ele aguarda a chegada de um cavalheiro."

– "Onde é que ele está agora?", perguntei.

– "Está lá em cima na cama. Pediu que o chamassem às nove horas."

– "Vou subir e vê-lo imediatamente", disse eu.
– Tinha a ideia de que a minha chegada repentina

poderia abalar seus nervos e levá-lo a fazer alguma declaração desavisada. O engraxate do hotel se ofereceu para me mostrar o quarto: era no segundo andar, e tinha-se que cruzar um pequeno corredor para chegar até lá. O engraxate me apontou a porta e estava prestes a descer de novo, quando vi algo que me causou náusea, apesar dos meus vinte anos de experiência. Por debaixo da porta corria um pequeno fio de sangue, que fizera meandros pela passagem e formara uma pequena poça ao longo da beirada no outro lado. Dei um grito, que fez o engraxate voltar. Ele quase desmaiou quando viu o sangue. A porta estava trancada pelo lado de dentro, mas nós a forçamos com os ombros e entramos. A janela do quarto estava aberta, e ao lado da janela, todo amontoado, estava o corpo de um homem vestido com a camisa de dormir. Estava bem morto, e já por algum tempo, pois seus membros estavam rígidos e frios. Quando o viramos, o engraxate o reconheceu imediatamente, afirmando que era o mesmo cavalheiro que alugara o quarto com o nome de Joseph Stangerson. A causa da morte era uma profunda punhalada no lado esquerdo, que devia ter penetrado o coração. E agora vem a parte mais estranha do caso. O que vocês acham que havia acima do assassinado?

Senti um arrepio em todo corpo e o pressentimento de um futuro horror, mesmo antes de Sherlock Holmes responder.

– A palavra RACHE, escrita com letras de sangue – disse ele.

– Exatamente – disse Lestrade com uma voz aterrorizada. Ficamos todos em silêncio por algum tempo.

Havia algo metódico e incompreensível nos atos desse assassino desconhecido que conferia a seus crimes um renovado horror. Os meus nervos, bastante firmes no campo de batalha, tremiam só de pensar.

– O homem foi visto – continuou Lestrade. – Um menino leiteiro, a caminho da leitaria, descia por acaso o beco que começa no pátio dos fundos do hotel. Ele notou que uma escada de mão, que normalmente ficava por ali, estava erguida contra uma das janelas do segundo andar, que se achava bem aberta. Depois de passar, olhou para trás e viu um homem descer pela escada. Ele descia tão tranquila e manifestamente que o menino imaginou que fosse um carpinteiro ou marceneiro fazendo algum trabalho no hotel. Não prestou atenção no indivíduo, apenas pensou com seus botões que era muito cedo para que estivesse trabalhando. Ele tem a impressão de que o homem era alto, tinha uma face avermelhada, e estava vestido com um casaco longo e amarronzado. Ele deve ter se demorado no quarto depois do assassinato, pois encontramos água ensanguentada na bacia, onde lavara as mãos, e marcas nos lençóis onde deliberadamente limpara a sua faca.

Olhei para Holmes ao escutar a descrição do assassino, que correspondia tão exatamente à sua. Não havia, entretanto, nenhum traço de júbilo ou satisfação na sua face.

– Você não encontrou nada no quarto que pudesse fornecer uma pista do assassino? – perguntou.

– Nada. Stangerson tinha a carteira de Drebber no bolso, mas parece que isso era normal, pois ele fazia todos os pagamentos. Havia umas oitenta e poucas libras na carteira, mas nada fora tirado. Quaisquer que sejam os motivos desses crimes extraordinários, roubo certamente não está entre eles. Não havia documentos, nem lembretes no bolso do homem, exceto um único telegrama, remetido de Cleveland há mais ou menos um mês, e contendo as seguintes palavras: "J. H. está na Europa". Não havia nenhum nome junto com a mensagem.

– E nada mais? – perguntou Holmes.

– Nada de importância. O romance que o homem lera até adormecer estava sobre a cama, e seu cachimbo sobre uma cadeira ao seu lado. Havia um copo de água sobre a mesa, e no peitoril da janela uma caixinha redonda contendo duas pílulas.

Sherlock Holmes pulou da poltrona com uma exclamação de prazer.

– O último elo – gritou exultante. – Meu caso está completo.

Os dois detetives o fitaram perplexos.

– Agora tenho todos os dados nas mãos – disse meu companheiro com segurança –, todos os fios que formaram esse emaranhamento. Ainda há certamente detalhes a serem preenchidos, mas estou seguro a respeito de todos os fatos principais, desde o momento em que Drebber se separou de

Stangerson na estação, até a descoberta do corpo desse último, como se tivesse visto as cenas com meus próprios olhos. Vou lhes dar uma prova do meu conhecimento. Você conseguiu pegar essas pílulas?

– Eu as tenho comigo – disse Lestrade, tirando do bolso uma caixinha branca. – Eu as trouxe, bem como a carteira e o telegrama, com a intenção de guardá-los a salvo no posto de polícia. Foi mero acaso eu ter pego essas pílulas, pois sou obrigado a confessar que não lhes dou muita importância.

– Passe-me as pílulas – disse Holmes. – Agora, doutor – virando-se para mim –, essas pílulas são comuns?

Certamente não eram. Tinham uma cor cinzenta perolada, eram pequenas, redondas e quase transparentes contra a luz.

– Pela sua leveza e transparência, diria que são solúveis na água – observei.

– Exatamente – respondeu Holmes. – Agora, você se importaria de ir até lá embaixo buscar aquele pobre diabo de terrier que está passando mal há tanto tempo e que ontem a proprietária queria que você matasse para poupá-lo do sofrimento?

Desci e subi a escada com o cachorro nos meus braços. A sua respiração ofegante e os olhos vidrados mostravam que o fim não estava distante. Na verdade, seu focinho branco como a neve proclamava que já ultrapassara os limites normais da existência canina. Eu o coloquei sobre uma almofada no tapete.

— Vou partir uma dessas pílulas em dois pedaços — disse Holmes, e tirando seu canivete cumpriu suas palavras. — Metade, devolvemos à caixa para fins futuros. A outra metade, eu a colocarei neste copo de vinho, com uma colher de água. Podem perceber que nosso amigo, o doutor, tinha razão, e que a pílula logo se dissolve.

— Isso tudo pode ser muito interessante — disse Lestrade, com o tom ofendido de quem suspeita que está sendo vítima de uma brincadeira. — Mas não vejo o que tem a ver com a morte do sr. Joseph Stangerson.

— Paciência, meu amigo, paciência! Vai descobrir com o tempo que tem tudo a ver com o crime. Vou agora misturar um pouco de leite para tornar a mistura mais palatável, e ao apresentá-la ao cachorro, vemos que ele lambe tudo bem prontamente.

Enquanto falava, despejou o conteúdo do copo de vinho num pires e colocou-o na frente do terrier, que rapidamente o lambeu todo. A atitude séria de Sherlock Holmes nos tinha convencido de tal modo que todos ficamos em silêncio, observando o animal atentamente e esperando um efeito surpreendente. Nada aconteceu, porém. O cachorro continuou estirado sobre a almofada, respirando com dificuldade, mas aparentemente nem melhor, nem pior depois de ter tomado a pílula.

Holmes tirara seu relógio de pulso, e quando minuto se seguiu a minuto sem nenhum resultado, uma expressão de grande dissabor e desapontamento apareceu nas suas feições. Ele mordeu o lábio, tamborilou os dedos sobre a mesa e manifestou todos os outros sintomas de extrema impaciência. Tão grande era a sua emoção que sinceramente senti pena dele, enquanto os dois detetives sorriam com ar de zombaria, de modo algum contrariados com esse impasse que ele tinha encontrado.

– Não pode ser uma coincidência – gritou, pulando da poltrona e andando freneticamente de um lado para o outro na sala. – É impossível que seja mera coincidência. As pílulas que suspeitei no caso de Drebber são realmente encontradas depois da morte de Stangerson. Mas não fazem efeito. O que isso significa? Seguramente toda a minha cadeia de raciocínio não pode ter sido falsa. É impossível! No entanto, esse infeliz cachorro não piorou nem um pouco. Ah, descobri! Descobri! – Com um grito agudo de satisfação, ele correu para a caixinha, partiu a outra pílula em dois pedaços, dissolveu-a, acrescentou leite, e deu a mistura ao terrier. A língua da pobre criatura mal tinha se umedecido com o leite, quando cada uma das patas teve um tremor convulsivo e o cachorro se tornou rígido e sem vida, como se tivesse sido atingido por um raio.

Sherlock Holmes respirou profundamente e limpou o suor da testa.

– Devia ter mais confiança – disse. – A essa altura devia saber que, se um fato parece se opor a uma longa cadeia de deduções, ele invariavelmente prova ser capaz de ter outra interpretação. Das duas pílulas na caixa, uma era o veneno mais mortal, e a outra inteiramente inofensiva. Devia ter percebido isso antes mesmo de ver a caixa.

Essa última frase me pareceu tão surpreendente que mal podia acreditar que ele estivesse sóbrio. Mas ali estava o cachorro morto para provar que a sua conjetura estava correta. Parecia-me que as névoas na minha mente estavam clareando aos poucos, e comecei a ter uma percepção vaga e indistinta da verdade.

– Tudo isso parece estranho para vocês – continuou Holmes –, porque no começo das investigações deixaram de perceber a importância da única pista real que lhes foi dada. Eu tive a sorte de captá-la, e tudo o que ocorreu desde então tem confirmado a minha suposição original, e foi na verdade a sua sequência lógica. Por isso, fatos que os confundiram e tornaram o caso ainda mais obscuro serviram para me esclarecer e reforçar as minhas conclusões. É um erro confundir estranheza com mistério. O crime mais trivial é frequentemente o mais misterioso, porque não apresenta nenhuma característica nova ou especial de que se possa tirar deduções. Este assassinato teria sido infinitamente mais difícil de resolver se o corpo da vítima tivesse sido encontrado no meio da rua, sem nenhum desses adendos sensacionais e grotescos que o tornaram tão extraordinário. Esses detalhes estranhos, longe de tornar o caso mais difícil, produziram realmente o efeito contrário.

O sr. Gregson, que escutara esse discurso com grande impaciência, não se conteve mais.

– Escute, Sherlock Holmes – disse – estamos todos dispostos a reconhecer que você é um homem inteligente e que tem os seus métodos de trabalho.

Mas agora queremos mais que simples teoria e sermões. Trata-se de pegar o homem. Apresentei a minha versão do caso, e parece que estava errado. O jovem Charpentier não poderia estar envolvido nesse segundo assassinato. Lestrade foi atrás do seu homem, Stangerson, e parece que também estava errado. Você tem dado palpites aqui e ali, e parece saber mais do que sabemos, mas chegou a hora em que nos sentimos no direito de lhe perguntar sem rodeios o quanto você sabe de todo o caso. Pode dar o nome do homem que cometeu os crimes?

– Não posso deixar de concordar com Gregson, senhor – observou Lestrade. – Nós dois tentamos, e nós dois fracassamos. Você observou mais de uma vez, desde que entrei nesta sala, que tem todos os dados de que precisa. Certamente não vai guardá-los para si por mais tempo.

– Qualquer demora na prisão do assassino – observei – poderia lhe dar tempo para cometer uma nova atrocidade.

Assim pressionado por todos, Holmes deu sinais de indecisão. Continuou a caminhar de um lado para o outro com a cabeça afundada no peito e as sobrancelhas franzidas, como era seu hábito quando estava perdido em seus pensamentos.

– Não vai haver novos assassinatos – disse por fim, parando abruptamente e enfrentando-nos. – Podem tirar essa preocupação da cabeça. Vocês me perguntaram se eu sei o nome do assassino. Sei. Mas saber meramente o seu nome é pouca coisa em comparação com o poder de capturá-lo. É isso o que espero fazer em breve. Tenho bastante esperança de consegui-lo por meio de certas providências que tomei, mas é uma operação que requer um tratamento delicado, pois estamos lidando com um homem sagaz e temerário, que tem apoio de outro que é tão inteligente quanto, como tive oportunidade de experimentar. Enquanto esse homem não imaginar que alguém tem algum indício a seu respeito, há chances de agarrá-lo. Mas se ele tivesse a menor suspeita, mudaria de nome e desapareceria em um minuto entre os quatro milhões de habitantes desta grande cidade. Sem querer ofendê-los, devo dizer que considero esses homens capazes de enganar a força policial, e é por isso que não pedi o seu auxílio. Se eu fracassar, assumo, é claro, toda a responsabilidade por esta omissão, mas estou preparado para isso. Por enquanto, só posso prometer que no momento em que puder trocar ideias com vocês sem pôr em risco o meu plano, eu o farei.

Gregson e Lestrade pareciam longe de satisfeitos com essa declaração, ou com a alusão depreciativa à polícia investigativa. O primeiro tinha se ruborizado até as raízes do cabelo loiro, enquanto os olhinhos do outro cintilavam de curiosidade e ressentimento. Nenhum dos dois teve tempo de falar, porém, pois ouviu-se uma batida na porta, e o porta-voz dos meninos de rua, o jovem Wiggins, introduziu na sala a sua insignificante e malcheirosa pessoa.

– Por favor, senhor – disse, passando a mão no topete. – Tenho o carro de aluguel lá embaixo.

– Boa, menino – disse Holmes com brandura. – Por que vocês não introduzem este modelo na

Scotland Yard? – continuou, tirando um par de algemas de aço de uma gaveta. – Olhem só como a mola funciona maravilhosamente. Elas se fecham num instante.

– O velho modelo é bastante bom – observou Lestrade –, se pudermos encontrar o homem em quem pôr as algemas.

– Muito bem, muito bem – disse Holmes sorrindo. – O cocheiro bem que poderia me ajudar com as caixas. Diga a ele para subir, Wiggins.

Eu estava surpreso por ver que meu amigo falava como se estivesse prestes a partir em viagem, pois nada me dissera a esse respeito. Havia uma pequena valise na sala, e ele a puxou e começou a atar a correia. Estava envolvido com essa operação, quando o cocheiro entrou na sala.

– Me dê uma mão com esta fivela, cocheiro – disse, ajoelhando-se para cumprir sua tarefa, sem virar a cabeça.

O sujeito deu alguns passos para frente com um ar um tanto mal-humorado e desafiador, e estendeu as mãos para ajudar. Nesse instante, ouviu-se um clique agudo, barulho de metal, e Sherlock Holmes com um pulo se pôs de novo de pé.

– Cavalheiros – gritou com olhos faiscantes –, quero lhes apresentar o sr. Jefferson Hope, o assassino de Enoch Drebber e de Joseph Stangerson.

Tudo ocorreu num instante, tão rapidamente que nem tive tempo de perceber. Tenho uma lembrança vívida desse instante, da expressão triunfante de Holmes e do tom da sua voz, da face selvagem e aturdida do cocheiro, enquanto fitava as algemas brilhantes, que tinham aparecido como por um golpe de mágica sobre os seus pulsos. Durante um ou dois segundos, devemos ter sido um grupo de estátuas. Depois com um rugido ininteligível de fúria, o prisioneiro se desprendeu das mãos de Holmes e se lançou pela janela. A esquadria e o vidro cederam ao seu peso, mas, antes que ele atravessasse o vão, Gregson, Lestrade e Holmes pularam sobre ele como uma matilha de cães de caça. Ele foi arrastado de volta para dentro da sala, e então teve início uma luta terrível. Tão poderoso e feroz era o prisioneiro que nós quatro fomos lançados longe mais de uma vez. Ele parecia ter a força convulsiva de um homem com ataque epiléptico. Sua face e mãos estavam terrivelmente machucadas por ele ter passado pela vidraça, mas a perda de sangue não produziu o efeito de diminuir a sua resistência. Foi só depois de Lestrade dar um jeito de meter a mão dentro da sua gravata e quase estrangulá-lo, que conseguimos fazê-lo entender que sua luta era vã. E mesmo então só nos sentimos seguros quando também prendemos os seus pés além das mãos. Feito isso, nos levantamos sem fôlego e ofegantes.

– Temos o seu carro de aluguel – disse Sherlock Holmes. – Vai nos servir para levá-lo até a Scotland Yard. E agora, cavalheiros – continuou com um sorriso agradável –, chegamos ao fim de nosso pequeno mistério. Agora podem me fazer todas as perguntas que quiserem, e não há perigo de eu me recusar a respondê-las.

PARTE 2

A Terra dos Santos

Capítulo 1

Na grande planície alcalina

Na região central do grande continente norte-americano existe um deserto árido e repulsivo, que por muitos anos serviu de barreira contra o avanço da civilização. De Sierra Nevada ao Nebraska, e do rio Yellow-Stone no norte ao Colorado no sul, toda a região é desolação e silêncio. Nem a natureza está sempre com o mesmo ânimo por todo esse distrito sombrio. Compreende montanhas elevadas cobertas de neve no topo, bem como vales escuros e lúgubres. Há rios de águas rápidas que se lançam por cânions recortados, e há enormes planícies, que no inverno ficam brancas de neve, e no verão são cinzentas por causa da poeira alcalina que contém sais. Tudo conserva, entretanto, as características comuns de aridez, inospitalidade e penúria.

Não há habitantes nessa terra do desespero. Um bando de índios *pawnees* ou de *blackfeet* pode ocasionalmente atravessá-la para alcançar outros terrenos de caça, mas os mais corajosos dos bravos ficam contentes quando perdem de vista essas planícies terríveis, e se acham de novo nas suas pradarias. O coiote se esconde entre a vegetação enfezada, a ave de rapina bate as asas pesadas pelo ar, e o desajeitado urso-pardo se arrasta pelas ravinas escuras e colhe todos os alimentos possíveis entre as rochas. Esses são os únicos moradores naqueles descampados.

Em todo o mundo, não há visão mais estarrecedora do que aquela que se descortina da encosta norte do Sierra Blanco. A grande planície chata se estende a perder de vista, toda polvilhada com manchas de álcali, e cortada por matas de arbustos anãos. Na beirada extrema do horizonte, ergue-se uma longa cadeia de picos de montanhas, com seus cumes irregulares salpicados de neve. Nessa grande extensão de terra, não há sinal de vida, nem de qualquer coisa que pertença à vida. Não há pássaros no céu azul de aço, nem qualquer movimento sobre a terra cinzenta e monótona. Acima de tudo, reina um silêncio absoluto. Por mais que se escute, não há nem sombra de som em todo esse imenso descampado, nada a não ser o silêncio, um silêncio total que oprime o coração.

Afirmou-se que não há nada que pertença à vida sobre a larga planície. Não é verdade. Olhando da encosta do Sierra Blanco, vê-se um caminho traçado através do deserto, que forma meandros e se perde na extrema distância. É sulcado por rodas e pisado pelos pés de muitos aventureiros. Aqui e ali estão espalhados objetos brancos que cintilam ao sol e sobressaem no sedimento opaco de álcali. Vamos nos aproximar e examiná-los! São ossos: uns grandes e grosseiros, outros menores e mais delicados. Os primeiros pertenceram a bois, e os últimos a homens. Ao longo de dois mil e quinhentos quilômetros, pode-se traçar a rota medonha da caravana por meio dos restos espalhados daqueles que caíram ao lado do caminho.

Com os olhos fixos nessa mesma paisagem, havia, no dia quatro de maio de mil oitocentos e quarenta e sete, um viajante solitário. Era tal a sua aparência que poderia ser confundido com o próprio gênio ou demônio da região. Um observador teria tido dificuldade em dizer se ele estava próximo dos quarenta ou dos sessenta anos. A face era magra e desfigurada, e a pele morena, semelhante a pergaminho, bem repuxada sobre os ossos salientes; os cabelos e a barba longos e castanhos eram manchados e riscados de branco; os olhos, afundados na cabeça, ardiam com um brilho não natural; enquanto a mão que segurava o rifle era tão descarnada quanto a de um esqueleto. De pé, ele se apoiava na arma, mas, mesmo assim, o corpo alto e a estrutura maciça de seus ossos sugeriam uma constituição rija e vigorosa. A face esquálida, no entanto, e as roupas que pendiam frouxas sobre os membros mirrados proclamavam o motivo de sua aparência senil e decrépita. O homem estava morrendo, morrendo de fome e de sede.

Ele tinha descido com dificuldade pela ravina e subido a essa pequena elevação, na vã esperança de encontrar sinais de água. Agora a grande planície salina se estendia diante de seus olhos, junto com o cinturão distante das montanhas selvagens, sem nenhum sinal de plantas ou árvores que poderiam indicar a presença de umidade. Em toda essa ampla paisagem, não havia nenhum lampejo de esperança.

Para o norte, para o oeste e para leste, ele olhava com olhos inquiridores, e então compreendeu que sua peregrinação tinha chegado ao fim, e que ali, naquele rochedo árido, estava prestes a morrer.

– Por que não aqui, um lugar tão bom como uma cama de penas daqui a vinte anos? – resmungou, enquanto se sentava ao abrigo do penedo.

Antes de se sentar, depositou no chão o rifle inútil e também uma grande trouxa amarrada num xale cinzento, que carregava pendurada sobre o ombro direito. Parecia ser demasiado pesada para as suas forças, pois, ao abaixá-la, ela bateu no chão com um pouco de violência. Imediatamente irrompeu do pacote cinzento um pequeno grito de dor, e dali saíram uma pequena face assustada com olhos castanhos muito brilhantes e dois punhozinhos sarapintados e cheios de covinhas.

– Você me machucou! – disse uma voz infantil repreensivamente.

– Oh, não, machuquei? – respondeu o homem penitentemente. – Não foi de propósito. – Enquanto falava, desembrulhou o xale cinzento e tirou para fora uma linda menina de uns cinco anos, cujos sapatos graciosos e vestidinho rosa fino com seu aventalzinho de linho revelavam cuidados maternos. A criança estava pálida e abatida, mas os braços e pernas saudáveis mostravam que ela sofrera menos que seu companheiro.

– Como é que está se sentindo agora? – ele perguntou ansiosamente, pois ela ainda estava esfregando os anéis dourados despenteados que cobriam a parte de trás de sua cabeça.

– Me dê um beijo para passar a dor – disse ela, com seriedade, indicando-lhe a parte machucada.
– É assim que mamãe fazia. Onde está mamãe?
– A mamãe partiu. Acho que você vai encontrá-la em breve.
– Partiu, hein! – disse a menina. – Engraçado, ela não me disse adeus. Ela sempre se despedia quando ia até a casa da titia tomar chá, e agora ela já se foi por três dias. Mas me diga, está terrivelmente seco, não? Você não tem água, nem alguma coisa para comer?
– Não, não tenho nada, querida. Você vai ter que ter um pouco de paciência, depois ficará tudo bem. Ponha a sua cabeça contra mim, assim, vai fazer você se sentir melhor. Não é fácil falar quando os lábios parecem de couro, mas acho melhor lhe contar como está a nossa situação. O que é isso que você tem?
– Umas coisas bonitas! Umas coisas lindas! – gritou a criança com entusiasmo, mostrando dois fragmentos brilhantes de mica. – Quando voltarmos para casa, vou dar para o meu irmão Bob.
– Você vai ver coisas mais bonitas em breve – disse o homem com segurança. – Apenas espere um pouco. Mas eu ia lhe dizendo... você se lembra de quando deixamos o rio?
– Oh, sim.
– Bem, achávamos que encontraríamos outro rio em breve, sabe. Mas algo estava errado. A bússola, o mapa ou alguma outra coisa, e o rio não apareceu. Acabou a água. Nada senão uma gotinha para você e... e...

— E você não pôde se lavar — interrompeu sua companheira seriamente, fitando o rosto sujo do homem.

— Não, nem beber. E o sr. Bender, ele foi o primeiro a partir, e depois o índio Pete, e depois a sra. McGregor, e depois Johnny Hones, e depois, querida, a sua mamãe.

— Então a mamãe também está morta — gritou a menina, cobrindo o rosto com o avental e soluçando amargamente.

— Sim, todos se foram exceto você e eu. Então pensei que havia alguma chance de encontrar água nesta direção, por isso botei você no meu ombro e seguimos juntos. Mas não parece que melhoramos de situação. As nossas chances são agora mínimas!

— Você quer dizer que vamos morrer também? — perguntou a criança, parando de soluçar e levantando o rosto manchado de lágrimas.

— Acho que é por aí.

— Por que não me disse antes? — disse ela, rindo alegremente. — Você me deu um susto tão grande. Ora, é claro, assim que morrermos, vamos estar com mamãe de novo.

— Sim, você vai estar, querida.

— E você também. Vou lhe contar como você foi bom comigo. Aposto que ela vai nos esperar na porta do céu com uma grande jarra de água e uma porção de bolinhos de trigo, tostados dos dois lados, assim como Bob e eu gostávamos. Quanto tempo vai demorar?

– Não sei... não vai demorar muito. – Os olhos do homem estavam fixos no horizonte norte. Na abóbada azul do céu, tinham aparecido três pequenas manchas que aumentavam de tamanho a cada momento, de tão rapidamente que se aproximavam. Elas imediatamente se converteram em três grandes pássaros, que circularam acima das cabeças dos dois andarilhos, e depois pousaram sobre algumas rochas acima deles. Eram busardos, os abutres do oeste, cuja aparição é o prenúncio da morte.

– Galos e galinhas – gritou a menina alegremente, apontando para as formas de mau agouro, e batendo as mãos para fazê-los levantar voo. – Me diga, foi Deus que fez esta terra?

– Claro que sim – disse o seu companheiro, um tanto espantado com essa pergunta inesperada.

– Ele fez a terra lá em Illinois, e Ele fez o Missouri – continuou a menina. – Mas acho que outra pessoa fez a terra nesta região. Não é muito bem feita. Esqueceram-se da água e das árvores.

– Que você acha de fazer uma oração? – perguntou o homem timidamente.

– Ainda não é noite – ela respondeu.

– Não faz mal. Não é muito regular, mas aposto que Ele não vai se importar. Você pode recitar as orações que costumava dizer todas as noites na carroça, quando estávamos na planície.

– Por que você não faz uma oração? – perguntou a criança com olhos admirados.

– Não me lembro das preces – ele respondeu. – Não rezo desde o tempo em que era do tamanho da metade deste rifle. Acho que nunca é tarde demais. Você recita as orações, e eu fico ao lado e faço a parte do coro.

– Então você vai ter que se ajoelhar, e eu também – disse ela, estendendo o xale no chão para esse fim. – Você tem que levantar as mãos assim. Vai fazer você se sentir bem.

Era uma visão estranha, se além dos busardos houvesse alguém para vê-la. Lado a lado sobre o xale estreito se ajoelharam os dois andarilhos, a criancinha tagarela e o aventureiro temerário e calejado. O rosto gorducho dela e a face angular e macilenta dele estavam ambos voltados para o céu sem nuvens numa súplica sincera ao Ser temível com quem se viam face a face, enquanto as duas vozes – uma aguda e clara, a outra grave e áspera – uniam-se na súplica por clemência e perdão. A oração terminou, eles retomaram o seu lugar à sombra do penedo até a criança adormecer, aninhada sobre o peito largo de seu protetor. Ele observou o sono da menina por algum tempo, mas a natureza foi mais forte que ele. Durante três dias e três noites, não se permitira nenhum descanso ou repouso. Lentamente as pálpebras caíram sobre os olhos cansados, e a cabeça pendeu cada vez mais sobre o peito, até que a barba grisalha do homem se misturou com os cachos dourados de sua companheira, e ambos dormiram o mesmo sono profundo e sem sonhos.

Se o andarilho tivesse permanecido acordado por mais meia hora, uma estranha visão teria se descortinado diante de seus olhos. Muito longe, na beirada extrema da planície alcalina, apareceu uma mancha de poeira, muito frágil a princípio e quase impossível de ser distinguida da neblina na distância, mas aos poucos tornando-se mais alta e mais larga até formar uma nuvem sólida e bem definida. Essa nuvem continuou a aumentar de tamanho, até se tornar evidente que só poderia ser formada por uma grande multidão de criaturas em movimento. Em lugares mais férteis, o observador teria chegado à conclusão de que um desses grandes rebanhos de bisões que pastam na pradaria estava se aproximando. Mas isso era obviamente impossível nesses descampados áridos. Quando o redemoinho de poeira chegou mais perto do penhasco em que os dois desgarrados repousavam, os toldos das carroças e as figuras dos cavaleiros armados começaram a surgir por entre a névoa, e a aparição revelou ser uma grande caravana a caminho do Oeste. Mas que caravana! Quando a ponta da frente chegou ao pé das montanhas, a ponta de trás ainda não era visível no horizonte. Através da imensa planície se estendia o cortejo errante, carroças e carros, homens a cavalo e homens a pé. Inúmeras mulheres, que cambaleavam sob o peso de cargas, e crianças, que caminhavam vacilantes ao lado das carroças ou espiavam para fora dos toldos brancos. Não era evidentemente um grupo comum de imigrantes, mas antes um povo nômade que fora compelido pelas circunstâncias a procurar novas terras. Pelo ar claro subia dessa grande massa de humanidade um ruído surdo e uma algazarra confusa, junto com o ranger das rodas e o relincho dos cavalos. Por mais alto que fosse o barulho, não foi o suficiente para despertar os dois viajantes cansados acima deles.

À frente da coluna, vinham a cavalo uns vinte e poucos homens graves, com faces inflexíveis, vestidos com roupas escuras toscas e armados com rifles. Ao chegarem ao pé do penhasco, pararam e realizaram uma breve reunião entre eles.

— As fontes ficam à direita, meus irmãos — disse um deles, um homem bem barbeado, de lábios duros e cabelos grisalhos.

— À direita do Sierra Blanco... para chegarmos ao Rio Grande — disse outro.

— Não tenham medo de ficar sem água — gritou um terceiro. — Aquele que fez manar água das pedras não vai agora abandonar seu povo eleito.

— Amém! Amém! — respondeu todo o grupo.

Estavam prestes a recomeçar a peregrinação, quando um dos mais jovens e de visão mais aguçada soltou uma exclamação e apontou para o penhasco irregular acima deles. Do seu cume esvoaçava um pequeno farrapo rosa, aparecendo bem nítido e brilhante contra as pedras cinzentas atrás. Diante dessa visão, os cavalos foram refreados e os fuzis foram tirados das bandoleiras, enquanto novos cavaleiros chegavam galopando para reforçar a vanguarda. A palavra "peles-vermelhas" estava em todos os lábios.

— Não pode haver índios por aqui — disse o ancião que parecia ter o comando. — Nós já passamos pelos *pawnees*, e não há nenhuma outra tribo nessa região, enquanto não cruzarmos as grandes montanhas.

– Devo ir até lá e verificar, Irmão Stangerson? – perguntou um do bando.

– Eu também... Eu também... – gritaram várias vozes.

– Deixem os seus cavalos aqui embaixo e nós esperaremos por vocês – respondeu o ancião. Num instante os jovens desmontaram, ataram os cavalos, e começaram a escalar a encosta escarpada que conduzia ao objeto que despertara a sua curiosidade. Avançavam rápida e silenciosamente, com a segurança e a destreza de batedores experientes. Os observadores da planície embaixo podiam vê-los pular de pedra em pedra até suas figuras se delinearem contra a linha do horizonte. O jovem que primeiro dera o alarme ia à frente do grupo. De repente, seus seguidores o viram jogar as mãos para cima, como se tomado de espanto, e, quando o alcançaram, todos tiveram a mesma reação diante da visão que apareceu frente a seus olhos.

No pequeno platô que coroava o morro árido, havia um único penedo gigantesco, e contra esse penedo estava deitado um homem alto, de barba longa e feições duras, mas de uma magreza exagerada. Seu rosto plácido e a respiração regular indicavam que estava profundamente adormecido. A seu lado estava uma criancinha, com os braços redondos brancos ao redor do pescoço moreno e forte do companheiro, a cabeça de cabelos dourados repousando sobre seu peito coberto por uma túnica de algodão. Os lábios rosados estavam abertos, revelando a linha regular de dentes cor de neve, e um sorriso travesso brincava sobre as feições infantis. As perninhas brancas e gorduchas, que terminavam em meias brancas e sapatos polidos de fivelas brilhantes, contrastavam com os longos membros mirrados do companheiro. Na beirada da pedra acima desse estranho casal, havia três busardos solenes que, à vista dos recém-chegados, emitiram gritos roucos de desapontamento e afastaram-se contrariados batendo as asas.

Os gritos dos pássaros feios despertaram os dois adormecidos, que olharam ao redor admirados. O homem levantou-se cambaleando e olhou para a planície, tão solitária quando o sono o vencera, mas agora atravessada por este enorme grupo de homens e animais. A sua face assumiu uma expressão de incredulidade enquanto fitava, e ele passou a mão ossuda sobre os olhos.

– Acho que é isso o que eles chamam delírio – resmungou. A criança estava de pé ao seu lado, segurando a aba de seu casaco, sem dizer uma palavra, mas olhando ao redor com o olhar questionador e admirado da infância.

O grupo de salvamento foi rápido em convencer os dois fugitivos de que a caravana não era ilusão. Um deles agarrou a menina e colocou-a sobre o ombro, enquanto dois outros deram apoio ao seu companheiro macilento, ajudando-o a se dirigir até as carroças.

– O meu nome é John Ferrier – explicou o andarilho. – Eu e essa pequena somos o que sobrou de um grupo de vinte e uma pessoas. O resto morreu de sede e fome longe daqui no sul.

– Ela é sua filha? – perguntou alguém.

– Acho que agora é – gritou o outro desafiadoramente. – Ela é minha, porque a salvei. Ninguém vai tirá-la de mim. Ela é Lucy Ferrier a partir de hoje. Mas quem são vocês afinal? – continuou, olhando com curiosidade para seus salvadores robustos e bronzeados. – Pelo visto, o grupo de vocês é imenso.

– Quase dez mil – disse um dos jovens. – Somos os filhos perseguidos de Deus, os eleitos do Anjo Merona.

– Nunca ouvi falar dele – disse o andarilho. – Mas parece ter escolhido uma multidão e tanto.

– Não brinque com o que é sagrado – disse o outro severamente. – Somos daqueles que acreditam nas escrituras sagradas, gravadas com letras egípcias em lâminas de ouro batido, que foram entregues ao santo Joseph Smith em Palmyra. Viemos de Nauvoo, no Estado de Illinois, onde tínhamos construído nosso templo. Viemos procurar refúgio contra o homem violento e ímpio, mesmo que seja no coração do deserto.

O nome de Nauvoo evidentemente trouxe lembranças a John Ferrier.

– Compreendo – disse ele. – Vocês são os mórmons.

– Nós somos os mórmons – responderam seus companheiros a uma só voz.

– E para onde estão indo?

– Não sabemos. A mão de Deus está nos guiando por meio da pessoa de nosso Profeta. Você deve se apresentar diante dele. É ele quem vai dizer o que vai ser feito de vocês.

Tinham chegado ao pé do morro a essa altura, e foram rodeados por milhares de peregrinos – mulheres de rostos pálidos e ar submisso, crianças fortes e risonhas, e homens ansiosos de olhar sério. Muitos foram os gritos de espanto e compaixão que partiram de seus lábios, quando perceberam a juventude de um dos estranhos e o estado de penúria do outro. A sua escolta não parou, porém, mas abriu caminho, seguida por uma grande multidão de mórmons, até chegarem a uma carroça que sobressaía pelo tamanho avantajado e pela ostentação e beleza de sua aparência. Seis cavalos estavam jungidos a essa carroça, enquanto as outras tinham dois ou, quando muito, quatro cada uma. Além do cocheiro, ali estava sentado um homem que não poderia ter mais de trinta anos, mas que tinha a marca do líder na sua cabeça imponente e expressão resoluta. Estava lendo um volume de lombada marrom que pôs de lado quando a multidão se aproximou, para escutar atentamente o relato do episódio. Depois ele se virou para os dois desgarrados.

– Se nós levarmos vocês conosco – disse com palavras solenes – só poderá ser como fiéis de nosso credo. Não queremos lobos em nosso rebanho. É preferível que seus ossos descorem neste descampado a que venham a ser aquela pequena mancha de deterioração que com o tempo corrompe toda a fruta. Vocês aceitam vir conosco nestas condições?

— Acho que vou com vocês sob quaisquer condições — disse Ferrier com tanta ênfase que os anciãos graves não puderam reprimir um sorriso. Apenas o líder manteve a sua expressão impressiva e severa.

— Leve-o, Irmão Stangerson — disse —, dê-lhe de comer e beber, e cuide também da criança. É também sua a tarefa de lhe ensinar o nosso santo credo. Nós já nos demoramos demais! Para frente! Avante, avante para Zion!

— Avante, avante para Zion! — gritou a multidão de mórmons, e as palavras ondularam pela longa caravana, passando de boca em boca até morrerem num murmúrio surdo na distância. Com o estalar dos chicotes e o ranger das rodas, as grandes carroças se puseram em movimento, e logo toda a caravana voltou a serpear pelo descampado. O ancião que fora encarregado de cuidar dos dois desamparados, levou-os até sua carroça, onde uma refeição já os esperava.

— Vocês vão ficar aqui — disse ele. — Em alguns dias já terão se recuperado de sua privação. Nesse meio tempo, lembrem que de agora em diante pertencem à nossa religião. Brigham Young assim determinou, e ele falou com a voz de Joseph Smith, que é a voz de Deus!

Capítulo 2

A flor de Utah

Este não é o lugar para celebrar os infortúnios e as privações sofridos pelos imigrantes mórmons antes de chegarem a seu refúgio final. Das praias do Mississippi às encostas oeste das Montanhas Rochosas, eles tinham avançado a custo com uma constância sem paralelo na história. O homem selvagem, o animal selvagem, a fome, a sede, o cansaço e a doença – todos os obstáculos que a natureza podia colocar no seu caminho – tinham sido vencidos com tenacidade anglo-saxônica. Mas a longa viagem e os terrores acumulados tinham abalado os corações dos mais fortes entre eles. Não houve quem não caísse de joelhos numa oração sincera, quando viram o largo vale de Utah banhado pela luz do sol aos pés deles, e ouviram dos lábios de seu líder que aquela era a terra prometida, e que aqueles acres virgens seriam seus para sempre.

Young rapidamente demonstrou ser um administrador talentoso, bem como um chefe resoluto. Traçaram-se mapas e prepararam-se diagramas, em que se delineou a futura cidade. Todas as fazendas ao redor foram divididas e distribuídas de acordo com a posição social de cada indivíduo. O comerciante foi incumbido de sua atividade e o artesão, de seu ofício. Na cidade, ruas e praças surgiram como por um passe de mágica. No campo, drenou-se e cercou-se o solo, plantou-se e desbravou-se a terra, até o verão seguinte ver todos os campos dourados com a safra do trigo. Tudo prosperava no estranho povoado. Acima de tudo se elevava o grande templo que tinham construído no centro da cidade, cada vez mais alto e maior. Dos primeiros tons róseos da aurora até o final do crepúsculo, as batidas dos martelos e o som áspero das serras nunca cessavam no monumento que os imigrantes erigiam para Aquele que os conduzira a salvo em meio a muitos perigos.

Os dois desgarrados, John Ferrier e a menina que tinha partilhado o seu destino e fora adotada como sua filha, acompanharam os mórmons até o fim de sua grande peregrinação. A pequena Lucy Ferrier foi acolhida bastante aprazivelmente na carroça do ancião Stangerson, um abrigo que ela dividia com as três mulheres do mórmon e com o seu filho, um menino teimoso e atrevido de uns doze anos. Tendo se restabelecido, com a elasticidade da infância, do choque causado pela morte da mãe, ela logo se tornou objeto dos mimos das mulheres, e acomodou-se na sua nova vida nessa casa móvel coberta pelo toldo de lona. Enquanto isso, recuperado de suas privações, Ferrier sobressaiu entre os mórmons por ser um guia útil e um caçador infatigável. Tão rapidamente ele ganhou a estima dos seus novos companheiros que, ao chegarem ao fim de sua peregrinação, todos concordaram unanimemente que ele deveria receber um pedaço de terra tão grande e fértil quanto qualquer outro dos colonizadores, à exceção do próprio Young e de Stangerson, Kemball, Johnston e Drebber, que eram os quatro principais anciãos.

Na fazenda assim adquirida, John Ferrier construiu para si uma sólida cabana de toras de madeira, que recebeu tantos acréscimos nos anos seguintes que se transformou numa espaçosa casa de campo. Ele era um homem de espírito prático, perspicaz nos seus negócios e talentoso com as mãos. A sua constituição robusta o tornava capaz de trabalhar da manhã à noite, melhorando e cultivando as suas terras. Por isso, a sua fazenda e tudo o que lhe pertencia prosperavam muitíssimo. Em três anos, ele já tinha melhor situação que seus vizinhos, em seis era abastado, em nove estava rico, e em doze não havia meia dúzia de homens em toda Salt Lake City que estivesse à sua altura. Do grande mar fechado às distantes montanhas Wahsatch, não havia nome mais famoso que o de John Ferrier.

Apenas numa maneira, numa única, ele ofendia as suscetibilidades de seus companheiros de religião. Nenhum argumento ou persuasão conseguiu induzi-lo a formar um harém conforme o costume de seus companheiros. Ele nunca deu razões para sua recusa persistente, mas se contentava em aderir resoluta e inflexivelmente à sua decisão. Alguns o acusavam de não ter entusiasmo pela religião adotada, e outros achavam que era tudo ganância de riquezas e relutância em gastar dinheiro. Outros ainda falavam de um antigo caso de amor, de uma garota loira que definhara de amor nas praias do Atlântico. Qualquer que fosse a razão, Ferrier continuou rigorosamente celibatário. Sob todos os outros aspectos, adaptou-se à religião do novo povoado, e ganhou a fama de ser um homem ortodoxo e honesto.

Lucy Ferrier cresceu dentro da cabana de toras, ajudando o pai adotivo em todas as suas atividades. O ar vívido das montanhas e o aroma balsâmico dos pinheiros fizeram as vezes de babá e mãe para a menina. Ano após ano, ela crescia, tornando-se mais alta e mais forte, as maçãs do rosto mais coradas e o passo mais elástico. Muitos caminhantes da estrada que passava pela fazenda de Ferrier sentiam reviverem em suas mentes pensamentos há muito esquecidos, quando observavam o seu corpo flexível de menina correndo pelos campos de trigo, ou a encontravam montada no cavalo do pai, que ela dominava com toda a naturalidade e graça de uma verdadeira filha do Oeste. Assim o broto se transformava em flor, e o ano que viu seu pai se tornar o mais rico dos fazendeiros fez de Lucy Ferrier o espécime mais belo de garota americana em toda a vertente do Pacífico.

Mas não foi o pai quem primeiro descobriu que a criança se transformara em mulher. Raramente é nesses casos. Essa mudança misteriosa é demasiado sutil e gradativa para ser medida por datas. Muito menos a percebe a própria jovem, até que o tom de uma voz ou o toque de uma mão faz o coração disparar dentro de seu peito, e ela aprende, com uma mistura de orgulho e medo, que uma natureza nova e maior despertou no seu interior. São poucas as que não conseguem lembrar esse dia e recordar aquele pequeno incidente que anunciou o nascimento de uma nova vida. No caso de Lucy Ferrier, a ocasião já foi bastante séria em si, à parte a influência futura que exerceu sobre seu destino e o de muitas outras pessoas.

Era uma manhã quente de junho, e os Santos dos Últimos Dias estavam tão ocupados como as abelhas cuja colmeia tinham escolhido para emblema. Nos campos e nas ruas, elevava-se o mesmo zumbido de azáfama humana. Pelas estradas empoeiradas desfilavam longas filas de mulos com pesadas cargas, todos se dirigindo para o oeste, pois a febre do ouro tinha irrompido na Califórnia, e a rota por terra passava pela cidade dos Eleitos. Havia também rebanhos de ovelhas e bois vindos de pastagens distantes, e caravanas de imigrantes cansados, homens e cavalos igualmente fartos de sua viagem interminável. Pelo meio de todo esse grupo variegado, abrindo caminho com a habilidade de uma cavaleira experiente, galopava Lucy Ferrier, a bela face ruborizada pelo exercício e os longos cabelos castanhos flutuando atrás de si. Ela tinha uma incumbência do pai a cumprir na cidade, e corria como tantas vezes fizera, com todo o destemor da juventude, pensando apenas na sua tarefa e em como devia realizá-la. Os aventureiros sujos da estrada olhavam para ela com espanto, e até os índios pouco emotivos, viajando com suas peles, relaxavam o seu costumeiro estoicismo para se maravilharem com a beleza da jovem de cara pálida.

Ela tinha alcançado a periferia da cidade, quando encontrou a estrada bloqueada por um grande rebanho de gado, conduzido por uma meia dúzia de vaqueiros turbulentos das planícies. Na sua impaciência, procurou passar pelo obstáculo, metendo seu cavalo pelo que parecia ser uma brecha. Mal tinha entrado nesse espaço, porém, os animais fecharam o caminho por trás, e ela se viu completamente encerrada na corrente em movimento de bois de olhos ferozes e longos chifres. Acostumada a lidar com gado, ela não se alarmou com a sua situação, mas aproveitava toda oportunidade para fazer seu cavalo avançar, na esperança de abrir caminho pela cavalgada. Infelizmente os chifres de uma das criaturas, por acaso ou desígnio, entraram em contato violento com o flanco do cavalo, levando-o à loucura. No átimo de um instante, ele se ergueu sobre as patas traseiras com um bufo de raiva, empinando e se debatendo de um jeito que teria atirado longe qualquer cavaleiro menos experiente. A situação era cheia de perigos. Toda arremetida do cavalo excitado o levava a chocar-se de novo com os chifres, incitando-o a novas loucuras. A garota mal conseguia se manter firme na sela, mas um tombo significaria uma morte terrível sob os cascos dos animais pesados e aterrorizados. Pouco acostumada a emergências repentinas, sua cabeça começou a rodar, e o aperto da mão sobre a rédea foi se afrouxando. Engasgada pela nuvem de poeira levantada e pelo vapor das criaturas em luta, ela teria abandonado seus esforços em desespero, se não fosse uma voz bondosa que bem perto lhe assegurava ajuda. No mesmo momento, uma mão morena e vigorosa pegou o cavalo assustado pelo freio e, forçando a passagem pelo rebanho, levou-a em pouco tempo para a periferia da cidade.

– Espero que não esteja ferida, senhorita – disse o seu salvador respeitosamente.

Ela levantou os olhos para a sua face morena e impetuosa, e riu maliciosamente.

– Estou muito assustada – disse ingenuamente. – Quem diria que Pancho iria se assustar desse jeito com um monte de vacas?

– Graças a Deus você não caiu do cavalo – disse o outro sério. Era um jovem alto de aparência selvagem, montado num poderoso cavalo ruão, vestido com as roupas rudes de caçador, com um longo rifle nos ombros. – Acho que você é a filha de John Ferrier – observou. – Eu a vi sair a cavalo da sua casa. Quando falar com ele, pergunte se ele não se lembra dos Jefferson Hope de St. Louis. Se ele é o mesmo Ferrier, meu pai e ele eram bem chegados.

– Não é melhor você vir comigo e perguntar de viva voz? – ela perguntou recatadamente.

A sugestão pareceu agradar ao jovem, e seus olhos escuros brilharam de prazer.

– É o que farei sem dúvida – disse ele. – Estivemos nas montanhas durante dois meses, e ainda não estamos em condições de fazer visitas. Ele deve nos aceitar do jeito como somos.

– Ele tem muito que lhe agradecer, e eu também – respondeu ela. – Ele gosta muito de mim. Se aquelas vacas tivessem pulado em cima de mim, ele nunca teria se recuperado do golpe.

– Nem eu – disse o seu companheiro.

– Você! Bem, não vejo que diferença faria para você. Você não é um de nossos amigos.

A face morena do jovem caçador se tornou tão sombria ao ouvir esse comentário que Lucy Ferrier riu alto.

– Está bem, não foi o que quis dizer – falou. – É claro que você é um amigo agora. Você deve vir nos visitar. Agora tenho que andar, senão o pai não vai me confiar mais nenhuma incumbência. Até logo!

– Até logo – ele respondeu, levantando o sombreiro largo e inclinando-se sobre a mãozinha da jovem. Ela fez seu cavalo rodar, deu-lhe um golpe com o chicote de montaria, e disparou pela estrada larga em meio a uma nuvem ondulada de poeira.

O jovem Jefferson Hope seguiu seu caminho com os companheiros, triste e taciturno. Ele e os colegas tinham estado entre as montanhas de Nevada procurando prata, e estavam retornando para Salt Lake City na esperança de levantar bastante capital para explorar alguns veios que tinham descoberto. Ele estava tão entusiasmado com o negócio quanto qualquer outro, até esse incidente repentino desviar seus pensamentos para uma outra direção. A visão da bela jovem, tão sincera e íntegra como as brisas da Sierra, tinha abalado as profundezas de seu coração vulcânico e indomado. Quando ela desapareceu da sua vista, ele compreendeu que acontecera uma crise na sua vida, e que nem as especulações da prata, nem qualquer outra questão tinham tanta importância para ele quanto esse novo tema que absorvia todos os seus pensamentos. O amor que nascera em seu coração não era o capricho repentino e inconstante de um menino, mas antes aquela paixão selvagem e violenta de um homem de vontade forte e temperamento imperioso. Ele estava acostumado a ser bem-sucedido em tudo o que fazia. Jurou no íntimo de seu coração que não fracassaria nesse caso, se o sucesso dependesse de esforços humanos e perseverança humana.

Visitou John Ferrier naquela noite, e muitas outras vezes, até seu rosto se tornar familiar na casa da fazenda. Encerrado no vale e absorto em seu trabalho, John tivera poucas chances de ficar sabendo das novidades do mundo exterior durante os últimos doze anos. Tudo isso Jefferson Hope foi capaz de lhe contar, e num estilo que interessava tanto a Lucy quanto a seu pai. Ele fora um dos pioneiros na Califórnia e podia contar muitas histórias estranhas de fortunas ganhas e fortunas perdidas naqueles dias prósperos e selvagens. Fora também batedor e caçador de peles, explorador de prata e rancheiro. Onde quer que houvesse aventuras emocionantes, Jefferson Hope lá estivera à sua procura. Ele logo ganhou as graças do velho fazendeiro, que falava eloquentemente de suas virtudes. Nessas ocasiões, Lucy ficava em silêncio, mas o rosto ruborizado e os olhos brilhantes e felizes mostravam muito claramente que o jovem coração não era mais seu. O pai honesto pode não ter observado esses sintomas, mas eles certamente não passavam despercebidos do homem que ganhara o seu afeto.

Numa tarde de verão, ele chegou galopando pela estrada e parou no portão. Ela estava na porta da casa e desceu ao seu encontro. Ele atirou a rédea sobre o muro e percorreu o caminho que levava até a casa.

– Estou de partida, Lucy – disse tomando-lhe as mãos e fitando ternamente o seu rosto. – Não vou lhe pedir que venha comigo agora, mas você estará disposta a vir comigo quando eu voltar?

– E quando isso vai ser? – perguntou ela, ruborizando-se e rindo.

– Daqui a uns dois meses no máximo. Vou voltar e pedir a sua mão, minha querida. Não há ninguém que possa se interpor entre nós.

– E o pai? – perguntou ela.

– Ele já deu o seu consentimento, desde que consigamos explorar bem essas minas. Não tenho receios a esse respeito.

– Oh, bem... claro, se você e o pai já arranjaram tudo, não há mais nada a dizer – ela murmurou, com o rosto contra o peito largo do jovem.

– Graças a Deus! – disse ele com voz rouca, inclinando-se e beijando-a. – Está resolvido então. Quanto mais tempo ficar, mais difícil será partir. Eles estão me esperando no cânion. Até logo, minha querida... até logo. Em dois meses você me verá de volta.

Desprendeu-se dela enquanto falava e, atirando-se sobre o cavalo, partiu em galope furioso, sem jamais olhar para trás, como se tivesse medo de que sua resolução fraquejasse caso fitasse o que estava abandonando. Ela ficou parada no portão, olhando para o companheiro até ele desaparecer da sua vista. Depois caminhou de volta para casa, a jovem mais feliz em toda a região de Utah.

Capítulo 3

John Ferrier fala com o Profeta

Três semanas tinham se passado desde que Jefferson Hope e seus camaradas haviam partido de Salt Lake City. O coração de John Ferrier doía quando pensava no retorno do jovem e na perda iminente de sua filha adotiva. Mas o rosto brilhante e feliz da moça tinha mais força para reconciliá-lo com o arranjo do que qualquer outro argumento. Ele sempre determinara, bem no fundo de seu coração resoluto, que nada no mundo o induziria a permitir que sua filha se casasse com um mórmon. Um casamento desse tipo não era casamento, mas apenas vergonha e desgraça. O que quer que pensasse das doutrinas mórmons, sobre esse ponto era inflexível. Mas tinha de se calar sobre a questão, pois expressar opiniões não ortodoxas era uma atitude perigosa naqueles dias na Terra dos Santos.

Sim – uma atitude perigosa... tão perigosa que até os mais piedosos só ousavam sussurrar as suas opiniões religiosas com o fôlego suspenso, para que alguma palavra que saísse de seus lábios não fosse mal interpretada e atraísse um rápido castigo sobre suas cabeças. As vítimas da perseguição tinham se tornado perseguidores, e perseguidores do tipo mais terrível. Nem a Inquisição de Sevilha, nem o Vehmgericht alemão, nem as Sociedades Secretas da Itália foram capazes de pôr em movimento um mecanismo mais formidável do que aquele que agora lançava uma nuvem sobre o Estado de Utah.

A sua invisibilidade e o mistério que a cercava tornavam essa organização duplamente terrível. Parecia ser onisciente e onipotente, porém não era vista, nem ouvida. O homem que desafiava a Igreja desaparecia, e ninguém sabia para onde fora ou o que lhe acontecera. Sua mulher e filhos o esperavam em casa, mas nenhum pai jamais retornou para lhes contar o tratamento que recebera das mãos de seus juízes secretos. Uma palavra inconsiderada ou um ato precipitado eram seguidos pela aniquilação e, no entanto, ninguém sabia qual era a natureza desse terrível poder que vivia suspenso sobre suas cabeças. Não é de admirar que os homens andassem tremendo de medo, e que até no meio do descampado não ousassem sussurrar as dúvidas que os oprimiam.

A princípio, esse poder vago e terrível só era exercido sobre os recalcitrantes que, tendo adotado a crença mórmon, desejavam mais tarde pervertê-la ou abandoná-la. Logo, porém, o seu espectro se ampliou. O suprimento de mulheres adultas estava escasseando, e a poligamia, sem uma população feminina que a sustentasse, era na verdade uma doutrina estéril. Estranhos rumores começaram a se espalhar – rumores de imigrantes assassinados e de acampamentos saqueados em regiões onde não havia índios. Mulheres novas apareciam nos haréns dos anciãos – mulheres que definhavam e choravam, e traziam nos rostos os traços de um horror inextinguível. Andarilhos que se retardavam nas montanhas falavam de gangues de homens armados, mascarados, dissimulados e silenciosos, que passavam por eles na escuridão. Essas histórias e rumores foram adquirindo substância e forma, sendo confirmadas e reconfirmadas, até ficarem delineadas sob um nome definido. Até hoje, nos ranchos solitários do Oeste, o nome do Bando *Danite*, ou os Anjos Vingadores, é sinistro e de mau agouro.

Um conhecimento mais aprofundado da organização que produzia esses efeitos terríveis servia antes para aumentar que para diminuir o horror que ela inspirava nas mentes dos homens. Ninguém sabia quem pertencia a essa sociedade cruel. Os nomes dos participantes nos atos de sangue e violência cometidos em nome da religião eram mantidos em profundo segredo. O próprio amigo, a quem um cidadão comunicava suas dúvidas em relação ao Profeta e sua missão, poderia ser um daqueles que viriam à noite com fogo e espada exigir uma terrível reparação. Por isso, todo homem temia o seu vizinho, e ninguém falava das coisas que eram mais caras ao seu coração.

Uma bela manhã, John Ferrier estava prestes a partir para seus campos de trigo, quando ouviu o clique do trinco e, olhando pela janela, viu um homem de meia-idade, forte e ruivo subir o caminho do jardim. Seu coração pulou para a boca, porque era ninguém menos que o próprio Brigham Young. Cheio de trepidações – pois sabia que essa visita não lhe augurava nada de bom –, Ferrier correu até a porta para cumprimentar o chefe mórmon. O último, entretanto, recebeu sua saudação friamente, e seguiu-o com uma face severa até a sala de estar.

– Irmão Ferrier – disse ele, sentando-se e observando o fazendeiro com um olhar penetrante sob os cílios de cor clara –, os verdadeiros crentes têm sido bons amigos para você. Nós o acolhemos quando você estava morrendo de fome no deserto, nós partilhamos nossa comida com você, nós o trouxemos a salvo para o Vale dos Eleitos, nós lhe demos um bom pedaço de terra, nós permitimos que ficasse rico sob nossa proteção. Não é verdade?

– É verdade – respondeu John Ferrier.

– Em troca de tudo isso, nós só exigimos uma condição: isto é, que você adotasse a verdadeira fé e se adaptasse integralmente a todos os nossos costumes. Foi o que nos prometeu, mas esta sua promessa, se os rumores são verdadeiros, você não cumpriu.

– E como foi que eu não cumpri a promessa? – perguntou Ferrier, levantando as mãos para reclamar. – Não contribuí para o fundo comum? Não frequentei o Templo? Não...?

– Onde estão as suas mulheres? – perguntou Young, olhando ao redor. – Chame-as para que eu possa cumprimentá-las.

– É verdade que não me casei – respondeu Ferrier. – Mas as mulheres eram poucas, e havia muitos que tinham mais direito a se casar do que eu. Eu não era um homem solitário: tinha a minha filha para me ajudar nos afazeres domésticos.

— É dessa filha que gostaria de falar com você — disse o líder dos mórmons. — Ela cresceu e se transformou na flor de Utah, e caiu nas boas graças de muitos poderosos da terra.

John Ferrier rugiu interiormente.

— Há histórias sobre ela em que não estou disposto a acreditar, histórias de que ela está comprometida com alguém que não é mórmon. Deve ser mexerico de quem não tem o que fazer. Qual é a décima terceira norma no código do santo Joseph Smith? "Que toda virgem da verdadeira fé se case com um dos eleitos; pois se ela se casa com alguém alheio à nossa fé, comete um grave pecado." Sendo assim, é impossível que você, que professa o santo credo, tolere que sua filha o viole.

John Ferrier não deu resposta, mas brincou nervosamente com seu chicote de montaria.

— Em torno desse ponto, toda a sua fé será testada. Assim foi decidido no Sagrado Conselho dos Quatro. A sua filha é jovem, e não a obrigaremos a se casar com alguém já grisalho, nem lhe tiraremos todo o direito de escolha. Nós, anciãos, temos muitas bezerras*, mas nossos filhos também precisam de mulheres. Stangerson tem um filho, e Drebber tem um filho. Qualquer um deles acolheria de bom grado a sua filha. Que ela escolha entre eles. Ambos são jovens e ricos, e pertencem à verdadeira fé. O que me diz?

Ferrier permaneceu em silêncio por algum tempo com as sobrancelhas franzidas.

---

* Heber C. Kemball, num de seus sermões, alude às suas cem mulheres com esse epíteto "carinhoso". (N.T.)

– Você tem que nos dar tempo – disse por fim. – A minha filha é muito jovem... ainda não tem idade para se casar.

– Ela terá um mês para escolher – disse Young, levantando-se da cadeira. – No final desse período, dará a sua resposta.

Estava já passando pela porta, quando se voltou, com o rosto vermelho e os olhos flamejantes.

– Seria melhor, John Ferrier – trovejou –, que você e ela fossem agora esqueletos embranquecidos sobre o Sierra Blanco do que viessem a opor suas vontades fracas às ordens dos Quatro Sagrados!

Com um gesto ameaçador, virou-se para a porta, e Ferrier escutou os passos pesados triturando o caminho de cascalho.

Ele ainda estava sentado com o cotovelo sobre o joelho pensando em como abordaria o assunto com a sua filha, quando uma mão macia pousou sobre a sua, e levantando os olhos, ele a viu de pé a seu lado. Um olhar para a face pálida e assustada lhe mostrou que ela escutara o que tinha se passado.

– Não pude deixar de escutar – disse ela, em resposta ao seu olhar. – A voz dele ecoava por toda a casa. Oh, pai, pai, o que vamos fazer?

– Não se assuste – respondeu, puxando-a para si e acariciando os cabelos castanhos com sua mão larga e rude. – Vamos dar um jeito. Você não sente que sua inclinação por esse camarada está diminuindo, não?

Um soluço e um aperto na sua mão foi a única resposta.

– Não, claro que não. Eu não gostaria que estivesse. Ele é um jovem promissor, e além disso é cristão, o que é bem melhor do que essa gente por aqui, apesar de todas as suas orações e sermões. Um grupo vai partir para Nevada amanhã, e vou dar um jeito de lhe enviar uma mensagem para que saiba o aperto em que estamos. Se conheço um pouco do jovem, ele vai estar de volta com uma velocidade que bateria a do telégrafo-elétrico.

Lucy riu da descrição de seu pai em meio às lágrimas.

– Quando ele chegar, vai nos aconselhar sobre a melhor medida a tomar. Mas é por você que estou assustada, meu querido. Escuta-se... escutam-se histórias tão terríveis sobre aqueles que se opõem ao Profeta: algo terrível sempre lhes acontece.

– Mas ainda não o desafiamos – respondeu seu pai. – Quando o desafiarmos, será hora de nos prepararmos para a tempestade. Temos todo um mês à nossa frente. No fim desse período, acho que o melhor é sair de Utah.

– Deixar Utah!

– É o que parece.

– Mas e a fazenda?

– Vamos levantar o máximo possível em dinheiro, e abandonar o resto. Para falar a verdade, Lucy, não é a primeira vez que penso em fazer isso. Não gosto de me submeter a nenhum homem, como essa gente se submete a seu maldito Profeta. Sou um americano livre, e esse modo de ser é novo para mim. Acho que estou velho demais para aprender.

Se ele vier bisbilhotar na minha fazenda, pode se deparar por acaso com uma carga de chumbo grosso vindo na direção contrária.

– Mas eles não vão nos deixar sair – objetou a filha.

– Espere até Jefferson chegar, e daremos um jeito. Enquanto isso, não se aflija, minha querida, e não deixe seus olhos ficarem inchados de chorar, senão ele vai me matar quando perceber o seu estado. Não há nada que recear, não há perigo algum.

John Ferrier fez esses comentários consoladores num tom muito confiante, mas ela não pôde deixar de observar que ele fechou as portas com grande cuidado naquela noite, e que cuidadosamente limpou e carregou o velho fuzil enferrujado que ficava dependurado na parede de seu quarto de dormir.

Capítulo 4

Fuga pela vida

Na manhã seguinte à sua entrevista com o profeta mórmon, John Ferrier foi até Salt Lake City e, tendo encontrado o conhecido que estava para ir às montanhas Nevada, confiou-lhe a mensagem para Jefferson Hope. No bilhete, contou ao jovem o perigo iminente que os ameaçava, e falou de como era necessário o seu retorno. Feito isso, sentiu-se mais aliviado e retornou para casa com um coração mais leve.

Quando se aproximou da fazenda, ficou surpreso ao ver dois cavalos amarrados, um em cada poste do portão. Ainda mais surpreso ficou ao entrar e descobrir dois jovens refestelados na sua sala de estar. Um deles, de rosto comprido e pálido, estava recostado na cadeira de balanço, com os pés sobre o fogão. O outro, um jovem de pescoço grosso com feições rudes e inchadas, estava de pé na frente da janela, com as mãos nos bolsos, assobiando um hino popular. Ambos cumprimentaram Ferrier com um movimento de cabeça, e o da cadeira de balanço começou a conversa.

– Talvez você não nos conheça – disse. – Este aqui é o filho do ancião Drebber, e eu sou Joseph Stangerson, que viajou com você pelo deserto, quando o Senhor lhe estendeu a Sua mão e o acolheu no rebanho verdadeiro.

– Como Ele fará com todas as nações no Seu devido tempo – disse o outro com uma voz nasal. – Ele mói os grãos lentamente, mas com perfeição.

John Ferrier inclinou-se friamente. Ele tinha adivinhado quem eram os seus visitantes.

– Viemos – continuou Stangerson –, a conselho de nossos pais, solicitar a mão da sua filha para aquele de nós que parecer mais conveniente a você e a ela. Como só tenho quatro esposas e o irmão Drebber aqui tem sete, parece-me que o meu pedido tem mais força.

– Nada disso, irmão Stangerson – gritou o outro. – A questão não é quantas esposas temos, mas quantas podemos manter. Meu pai me entregou os seus moinhos, e sou o mais rico de nós dois.

– Mas as minhas perspectivas são melhores – disse o outro calorosamente. – Quando o Senhor chamar o meu pai, vou ter o seu curtume e a sua fábrica de produtos de couro. Além disso, sou mais velho que você, e tenho uma posição mais elevada na Igreja.

– É a jovem que deve decidir – replicou o jovem Drebber, sorrindo para seu reflexo no vidro. – Vamos deixar a decisão nas mãos dela.

Durante esse diálogo, John Ferrier ficara parado furioso na porta, mal conseguindo manter seu chicote de montaria distante das costas de seus dois visitantes.

– Olhem aqui – disse por fim, aproximando-se deles –, quando a minha filha os chamar, vocês podem vir, mas até então não quero ver suas caras de novo.

Os dois jovens mórmons o fitaram perplexos. A seus olhos, essa competição entre eles pela mão da jovem era a mais alta honra, tanto para ela como para o pai.

– Há dois modos de sair desta sala – gritou Ferrier. – Pela porta e pela janela. Qual é o que vocês querem usar?

A sua face morena parecia tão selvagem, e as mãos esquálidas tão ameaçadoras, que os visitantes levantaram-se de um salto e bateram em retirada apressada. O velho fazendeiro seguiu-os até a porta.

– Me avisem quando decidirem quem vai ser o pretendente – disse sarcasticamente.

– Você vai pagar por isto! – gritou Stangerson, branco de raiva. – Você desafiou o Profeta e o Conselho dos Quatro. Vai se arrepender todo o resto de seus dias.

– A mão do Senhor vai cair pesadamente sobre você – gritou o jovem Drebber. – Ele vai se levantar e destruí-lo!

– Então já vou começar a destruição – exclamou Ferrier furiosamente, e teria corrido ao andar de cima para pegar sua arma, se Lucy não o tivesse agarrado pela manga e impedido seu movimento. Antes que pudesse se livrar dela, o barulho dos cascos dos cavalos lhe informou que os dois já estavam fora do seu alcance.

– Patifes hipócritas! – exclamou, limpando o suor da testa. – Prefiro vê-la no túmulo, minha filha, a que venha a se casar com qualquer um deles.

— Eu também, pai — respondeu ela com voz determinada. — Mas Jefferson logo vai estar aqui.

— Sim. Não vai demorar a chegar. Quanto mais cedo, melhor, pois não sabemos qual será o próximo lance.

Na verdade, já estava mais que na hora de alguém capaz de dar conselhos e ajuda vir em auxílio do velho fazendeiro inflexível e de sua filha adotiva. Em toda a história do povoado, não havia nenhum caso de extrema desobediência à autoridade dos anciãos. Se erros menores eram punidos tão severamente, qual seria o destino desse arquirrebelde? Ferrier sabia que sua riqueza e posição não lhe serviriam para nada. Outros tão conhecidos e ricos quanto ele já tinham desaparecido misteriosamente, e seus bens foram doados à Igreja. Era um homem corajoso, mas tremia diante dos terrores vagos e sombrios que pendiam sobre a sua cabeça. Qualquer perigo conhecido, ele sabia enfrentar com firmeza, mas esse suspense era enervante. Ocultava seus temores da filha, entretanto, e fingia fazer pouco caso de toda a história, embora ela, com o olhar perspicaz do amor, visse claramente que ele estava pouco à vontade.

Ele esperava receber alguma mensagem ou repreensão de Young a respeito de sua conduta, e não se enganava, embora ela tivesse vindo de forma imprevista. Ao se acordar na manhã seguinte, descobriu, para sua surpresa, um pequeno quadrado de papel preso sobre a coberta da cama bem em cima de seu peito. Nele estava escrito com letras nítidas e irregulares:

"Vinte e nove dias lhe são dados para emendar-se, e então..."

As reticências inspiravam mais terror do que qualquer ameaça. Como é que esse aviso entrara no seu quarto era um enigma que fazia John Ferrier sofrer, pois os criados dormiam numa casa separada, e as portas e as janelas estavam todas bem fechadas. Amassou o papel e nada disse à filha, mas o incidente gelou seu coração. Os vinte e nove dias eram sem dúvida o saldo do mês que Young lhe prometera. Que força ou coragem podia prevalecer contra um inimigo armado com poderes tão misteriosos? A mão que pregara a mensagem na sua coberta poderia tê-lo ferido de morte, e ele nunca saberia quem o tinha matado.

Ainda mais perturbado ficou na manhã seguinte. Eles tinham se sentado para tomar o café da manhã, quando Lucy com um grito de surpresa apontou para cima. No centro do teto estava rabiscado, aparentemente com um pauzinho queimado, o número 28. Para sua filha, a mensagem era ininteligível, e ele não lhe esclareceu o significado. Naquela noite, ele ficou sentado com seu fuzil e montou guarda. Nada viu, nem ouviu, mas de manhã um grande 27 fora pintado no lado de fora de sua porta.

Assim dia após dia, e era certo ele descobrir a cada manhã que seus inimigos invisíveis tinham mantido seu registro, marcando em alguma posição bem visível quantos dias lhe restavam do mês de graça que lhe fora concedido. Ora os números fatais apareciam nas paredes, ora no chão, de vez em quando em pequenos cartazes pregados no portão do jardim ou nas grades. Com toda a sua vigilância, John Ferrier não conseguia descobrir de onde vinham esses avisos diários. Um horror quase supersticioso se apoderava dele à vista dos números. Tornou-se ansioso e inquieto, e seus olhos tinham o ar preocupado de uma criatura perseguida. Agora ele só tinha uma esperança na vida, e essa era a chegada do jovem caçador de Nevada.

Vinte tinham se transformado em quinze, e quinze em dez, mas não havia notícias do ausente. Um a um os números diminuíam, mas nada de sinal do jovem. Sempre que um cavaleiro passava ruidosamente pela estrada, ou que um cocheiro gritava com a sua parelha, o velho fazendeiro corria ao portão, pensando que a ajuda chegara por fim. Finalmente, quando viu cinco dar lugar a quatro, e quatro a três, seu coração desanimou, e ele abandonou toda esperança de fuga. Sozinho e com seu conhecimento limitado das montanhas que circundavam o povoado, sabia que nada podia fazer. As estradas mais frequentadas eram rigorosamente vigiadas e guardadas, e ninguém podia passar ao longo delas sem ordem do Conselho. Para qualquer lado que virasse, não parecia haver modo de evitar o golpe que pendia sobre sua cabeça. Mas o velho nunca vacilou na sua resolução de abrir mão da própria vida antes de consentir no que considerava ser a desonra de sua filha.

Estava sentado sozinho, certa noite, meditando profundamente sobre seus problemas e procurando em vão uma saída. Aquela manhã revelara o número 2 sobre a parede de sua casa, e o dia seguinte seria o último do período outorgado. O que iria acontecer então? Toda espécie de fantasias vagas e terríveis impregnava sua imaginação. E sua filha... o que lhe aconteceria depois que ele desaparecesse? Não havia como escapar da rede invisível que fora atirada sobre eles? Baixou a cabeça sobre a mesa e soluçou ao pensar na sua impotência.

O que era isso? No silêncio escutou o som suave de alguém arranhando a madeira... um som muito baixo, mas distinto na calada da noite. Vinha da porta da casa. Ferrier entrou devagar no saguão e escutou com atenção. Houve uma pausa por alguns minutos, e depois repetiu-se o som baixo e insidioso. Alguém estava evidentemente batendo muito suavemente numa das folhas da porta. Seria algum assassino noturno que viera executar as ordens cruéis do tribunal secreto? Ou seria algum agente marcando a chegada do último dia da trégua? John Ferrier sentiu que a morte instantânea seria melhor do que o suspense que abalava seus nervos e gelava seu coração. Dando um pulo para frente, puxou o ferrolho e abriu a porta.

Lá fora tudo estava calmo e quieto. A noite era bela, e as estrelas cintilavam no alto. O pequeno jardim se estendia diante dos olhos do fazendeiro limitado pela cerca e pelo portão, mas nem ali, nem na estrada se via qualquer ser humano. Com um suspiro de alívio, Ferrier olhou para a direita e para a esquerda até que, ao olhar por acaso para os pés, viu para seu espanto um homem deitado no chão de cabeça para baixo, com os braços e as pernas bem abertos.

Tão nervoso ficou com essa visão que se encostou contra a parede com a mão na garganta para reprimir sua vontade de gritar. Seu primeiro pensamento foi que a figura prostrada fosse a de um homem ferido ou moribundo, mas observando viu que se contorcia pelo chão e entrava no saguão com a rapidez e o silêncio de uma serpente. Uma vez dentro da casa o homem se levantou com um salto, fechou a porta e revelou para o espantado fazendeiro a face impetuosa e a expressão resoluta de Jefferson Hope.

– Meu Deus! – disse John Ferrier com voz entrecortada. – Como você me assustou! O que o levou a entrar desse modo?

– Me dê de comer – disse o outro roucamente. – Não tive tempo de comer coisa alguma nestas últimas quarenta e oito horas. – Ele se atirou sobre a carne fria e o pão que ainda estavam sobre a mesa, restos do jantar de seu anfitrião, e devorou tudo vorazmente. – Lucy está bem? – perguntou, depois de ter matado a fome.

– Sim. Ela não sabe do perigo – respondeu o pai.

– Ainda bem. A casa está sendo vigiada por todos os lados. É por isso que entrei me arrastando desse jeito. Eles podem ser espertos, mas não são bastante espertos para pegar um caçador de Washoe.

John Ferrier sentiu-se outro homem, pois via que agora tinha um aliado dedicado. Agarrou a mão rude do jovem e apertou-a cordialmente. – Você é motivo de orgulho – disse. – Poucos viriam partilhar nosso perigo e nossos problemas.

– Acertou em cheio, camarada – respondeu o jovem caçador. – Tenho muito respeito por você, mas se estivesse sozinho nessa encrenca, pensaria duas vezes antes de pôr a minha cabeça nesse vespeiro. Foi Lucy que me trouxe até aqui, pois se algum mal lhe acontecer, acho que a família Hope terá um membro a menos em Utah.

– O que devemos fazer?

– Amanhã é o seu último dia, e se não agir hoje à noite, está perdido. Tenho um mulo e dois cavalos esperando na Ravina da Águia. Quanto dinheiro você tem?

– Dois mil dólares em ouro e cinco em notas.

– É o bastante. Tenho outro tanto comigo. Temos que procurar chegar a Carson City pelas montanhas. É melhor você acordar Lucy. Ainda bem que os criados não dormem na casa.

Enquanto Ferrier estava ausente, preparando a filha para a viagem iminente, Jefferson Hope embrulhou todos os produtos comestíveis que encontrou num pequeno pacote, e encheu uma jarra de pedra com água, pois sabia por experiência que as fontes da montanha eram poucas e muito distantes umas das outras. Mal tinha completado esses arranjos, quando o fazendeiro retornou com a filha toda vestida e preparada para sair. O encontro entre os dois namorados foi afetuoso mas breve, pois os minutos eram preciosos e havia muito a ser feito.

— Temos que partir imediatamente — disse Jefferson Hope, falando numa voz baixa mas decidida, como quem sabe do tamanho do perigo, mas endureceu o coração para enfrentá-lo. — As entradas da frente e dos fundos estão sendo vigiadas, mas com cautela podemos sair pela janela lateral e atravessar os campos. Uma vez na estrada, são apenas dois quilômetros até a ravina, onde os cavalos estão à nossa espera. Ao amanhecer já estaremos a meio caminho nas montanhas.

— E se formos barrados? — perguntou Ferrier.

Hope bateu na coronha do revólver que se projetava na frente da sua túnica.

— Se eles forem muitos para nós, levaremos dois ou três junto conosco — disse com um sorriso sinistro.

As luzes dentro da casa foram todas apagadas, e da janela escura Ferrier olhou para os campos que tinham sido seus e que estava prestes a abandonar para sempre. Mas ele já se tinha preparado há muito tempo para o sacrifício, e o pensamento da honra e felicidade de sua filha compensava qualquer pesar em relação à perda de seus bens. Tudo parecia tão pacífico e feliz, o farfalhar das árvores e o largo pedaço silencioso de seara, que era difícil perceber que o espírito da destruição se movia sorrateiro por tudo. Mas a face branca e a expressão decidida do jovem caçador revelavam que, ao se aproximar da casa, ele vira o bastante para não ter dúvidas a esse respeito.

Ferrier carregava a mala do ouro e das notas,

Jefferson Hope tinha as provisões minguadas e a água, enquanto Lucy levava uma pequena trouxa contendo alguns de seus bens mais preciosos. Abrindo a janela muito devagar e com muito cuidado, eles esperaram até uma nuvem escura obscurecer bastante a noite, e então um a um passaram para o jardinzinho. Contendo a respiração e agachando-se, atravessaram a pequena extensão cambaleantes e se abrigaram perto da cerca, ao longo da qual seguiram até chegarem à brecha que abria para o campo de trigo. Tinham acabado de alcançar esse ponto, quando o jovem agarrou seus dois companheiros e os arrastou para a sombra, onde ficaram silenciosos e tremendo.

Ainda bem que a experiência nas pradarias tinha dado a Jefferson Hope ouvidos de lince. Ele e seus amigos mal tinham se agachado, quando se escutou a alguns metros deles o pio melancólico de uma coruja da montanha, sendo imediatamente seguido por outro pio ali perto. No mesmo momento, uma figura indistinta e sombreada saiu da brecha que eles estavam tentando alcançar, e emitiu de novo o sinal queixoso, o que fez um segundo homem aparecer na escuridão.

– Amanhã à noite – disse o primeiro, que parecia estar no comando. – Quando o noitibó piar três vezes.

– Está bem – respondeu o outro. – Devo avisar o irmão Drebber?

– Passe a mensagem para ele, e dele para os outros. Nove para sete!

— Sete para cinco! — repetiu o outro, e as duas figuras se afastaram em direções diferentes. As suas últimas palavras eram evidentemente alguma forma de senha e contrassenha. Assim que seus passos morreram na distância, Jefferson Hope se levantou e, ajudando os companheiros a passarem pela brecha, liderou o caminho pelos campos a toda velocidade, apoiando e quase carregando a jovem, quando as forças pareciam abandoná-la.

— Depressa! Depressa! — dizia com voz entrecortada de tempos em tempos. — Estamos passando a linha dos sentinelas. Tudo depende da velocidade. Depressa!

Uma vez na estrada, avançaram rapidamente. Apenas uma vez encontraram alguém, mas conseguiram se enfiar no campo ali perto e evitar o reconhecimento. Antes de chegarem à cidade, o caçador desviou para uma trilha acidentada e estreita que levava às montanhas. Dois picos escuros e pontudos avultavam acima deles na escuridão, e o desfiladeiro que passava entre eles era o cânion da Águia, onde os cavalos estavam à sua espera. Com instinto certeiro, Jefferson Hope seguiu entre os grandes penedos e ao longo do leito de um rio seco, até chegar ao canto retirado encoberto com pedras, onde os animais fiéis tinham sido amarrados. A jovem foi colocada sobre o mulo, e o velho Ferrier num dos cavalos com a sua mala do dinheiro, enquanto Jefferson Hope conduzia o outro ao longo do caminho perigoso e escarpado.

Era um caminho desnorteador para quem não

estivesse acostumado a enfrentar a natureza em seus estados de espírito mais selvagens. Num dos lados, um grande penhasco se elevava a uns trezentos metros ou mais, preto, severo e ameaçador, com longas colunas basálticas sobre a superfície acidentada lembrando as costelas de um monstro petrificado. No outro lado, um caos selvagem de penedos e *débris* tornava todo e qualquer avanço impossível. Entre os dois seguia a trilha irregular, tão estreita que em certos lugares tinham de passar em fila indiana, e tão acidentada que só cavaleiros experientes a teriam atravessado. No entanto, apesar de todos os perigos e dificuldades, os corações dos fugitivos estavam leves, pois cada passo aumentava a distância entre eles e o terrível despotismo de que estavam fugindo.

Logo tiveram uma prova, entretanto, de que ainda estavam dentro da jurisdição dos Santos. Tinham chegado à parte mais selvagem e mais deserta do desfiladeiro, quando a jovem deu um grito de espanto e apontou para cima. Sobre uma rocha que dava vista para a trilha, delineando-se escuro e nítido contra o céu, estava uma sentinela solitária. Ele os viu assim que eles o perceberam, e o seu grito militar de "Quem vai lá?" ecoou pela ravina silenciosa.

– Viajantes para Nevada – disse Jefferson Hope, com a mão sobre o rifle que estava dependurado ao lado da sela.

Viram o vigia solitário mexer na sua arma e espiá-los, como se não tivesse ficado satisfeito com a resposta.

– Com a permissão de quem? – perguntou.

– Dos Quatro Sagrados – respondeu Ferrier. As suas experiências mórmons lhe tinham ensinado que essa era a autoridade mais alta a que podia se referir.

– Nove para sete – gritou a sentinela.

– Sete para cinco – respondeu Jefferson Hope prontamente, lembrando-se da contrassenha que escutara no jardim.

– Passem, e que o Senhor os acompanhe – disse a voz lá de cima. Além de seu posto, o caminho se alargava, e os cavalos foram capazes de começar um trote. Olhando para trás, podiam ver o vigia solitário apoiado no seu fuzil, e sabiam que tinham passado pelo último posto do povo eleito e que a liberdade os aguardava à sua frente.

Capítulo 5

Os anjos vingadores

Durante toda a noite, eles passaram por desfiladeiros intricados e por caminhos irregulares e cobertos de pedras. Mais de uma vez perderam o rumo, mas o conhecimento minucioso que Hope tinha das montanhas os levou a retomar a trilha de novo. Quando rompeu a manhã, uma paisagem de beleza magnífica mas selvagem se abriu diante de seus olhos. Em todas as direções, os grandes picos com os cumes cobertos de neve os cercavam, espiando uns sobre os ombros dos outros para o horizonte longínquo. Tão íngremes eram as encostas rochosas que ladeavam os viajantes que o lariço e o pinheiro pareciam suspensos sobre as suas cabeças, bastando apenas uma rajada de vento para que caíssem ruidosamente sobre eles. O medo não era inteiramente ilusório, pois o vale árido estava juncado de árvores e penedos que tinham caído dessa forma. E, mesmo enquanto passavam, uma grande rocha veio abaixo trovejando, com um chocalhar rouco que despertou ecos nas gargantas silenciosas e espantou os cavalos que se puseram a galopar.

Enquanto o sol se elevava lentamente a leste do horizonte, os topos das grandes montanhas se acendiam um após o outro, como lâmpadas de um festival, até ficarem todos rosados e brilhantes.

O espetáculo magnífico alegrou os corações dos três fugitivos e lhes deu novas energias. Perto de uma torrente silvestre que se precipitava de uma ravina, eles pararam e deram de beber aos cavalos, enquanto tomavam um café da manhã apressado. Lucy e o pai teriam descansado por mais tempo, mas Jefferson Hope foi inexorável.

– Eles já devem estar no nosso encalço a essa altura – disse. – Tudo depende de nossa rapidez. Uma vez a salvo em Carson, podemos descansar pelo resto de nossas vidas.

Durante todo aquele dia, eles avançaram com dificuldade pelos desfiladeiros, e à tarde calcularam que já deviam estar a mais de cinquenta quilômetros de seus inimigos. À noite, escolheram o pé de um penhasco ameaçadoramente projetado, onde as pedras ofereciam alguma proteção contra o vento frio, e ali, amontoados para se esquentarem, desfrutaram algumas horas de sono. Antes do romper do dia, entretanto, já estavam de pé e mais uma vez a caminho. Não tinham visto sinais dos perseguidores, e Jefferson Hope começou a pensar que já estavam bem fora do alcance da terrível organização cuja inimizade tinham suscitado. Pouco sabia do real alcance das garras de ferro, nem de como logo deviam se fechar sobre eles e esmagá-los.

Mais ou menos na metade do segundo dia de fuga, o escasso estoque de provisões começou a terminar. Mas isso não preocupou muito o caçador, pois havia caça entre as montanhas, e muitas vezes ele já dependera de seu rifle para as necessidades da vida. Escolhendo um recanto abrigado, empilhou alguns galhos secos e acendeu um fogo flamejante, perto do qual os companheiros puderam se esquentar, pois já estavam agora quase mil e quinhentos metros acima do nível do mar, e o ar era cortante e penetrante. Depois de amarrar os cavalos e se despedir de Lucy, ele jogou o fuzil sobre o ombro e partiu em busca de qualquer caça que encontrasse pelo caminho. Olhando para trás, viu o velho e a jovem agachados perto do fogo, enquanto os três animais se mantinham parados no fundo. Depois as pedras interpostas os ocultaram da sua vista.

Caminhou por alguns quilômetros, atravessando uma ravina após a outra, mas sem sucesso, embora, pelas marcas na casca das árvores e outras indicações, julgasse que havia muitos ursos por perto. Por fim, depois de duas ou três horas de busca infrutífera, já estava pensando em voltar desesperado, quando levantando os olhos viu algo que fez seu coração vibrar de prazer. Na ponta de um pico saliente, noventa ou cem metros acima de sua cabeça, estava uma criatura que se parecia bastante com um carneiro, mas tinha um par de chifres gigantescos. O carneiro selvagem – pois assim é chamado – era provavelmente o guardião de um bando invisível ao caçador, mas felizmente o animal estava indo na direção contrária e não o percebera. Deitado sobre o ventre, ele apoiou o rifle sobre uma rocha e mirou longa e firmemente antes de puxar o gatilho. O animal pulou no ar, cambaleou por um momento sobre a beira do precipício, e depois tombou ruidosamente no vale embaixo.

A criatura era pesada demais para ser carregada, por isso o caçador se contentou em cortar uma coxa e parte do flanco. Com esse troféu sobre o ombro, apressou-se em voltar sobre seus passos, pois já estava anoitecendo. Mal tinha começado, entretanto, quando se deu conta da dificuldade que o aguardava. Na sua ansiedade, ele fora muito além das ravinas que lhe eram conhecidas, e não era fácil reconhecer o caminho que tomara. O vale em que se encontrava dividia-se e subdividia-se em muitas gargantas tão parecidas umas com as outras que era impossível distingui-las. Seguiu uma das ravinas por um quilômetro ou mais até chegar a uma torrente de montanha que tinha certeza de nunca ter visto antes. Convencido de que tomara a direção errada, tentou outra, mas com o mesmo resultado. A noite estava se fechando rapidamente, e já estava quase escuro quando ele finalmente se viu num desfiladeiro que lhe era familiar. Mesmo então não foi fácil manter-se na trilha certa, pois a lua ainda não nascera, e os altos penhascos de cada lado tornavam a obscuridade mais profunda. Vergado sob o peso da sua carga e cansado de seus esforços, ele continuou aos tropeços, mantendo o ânimo com o pensamento de que cada passo o levava para mais perto de Lucy, e de que trazia consigo o bastante para lhes assegurar alimento durante todo o resto da viagem.

Chegara então à boca do desfiladeiro em que os tinha deixado. Mesmo na escuridão podia reconhecer o contorno dos penhascos que o cercavam.

Devem estar esperando ansiosamente, refletiu, pois estivera ausente durante quase cinco horas. Na alegria de seu coração, pôs as mãos em concha sobre a boca e fez a ravina ecoar um alô bem alto, sinal de que estava chegando. Fez uma pausa e esperou a resposta. Mas não recebeu nenhuma, exceto seu próprio grito que estrondou nas ravinas silenciosas e sombrias e voltou a seus ouvidos em inúmeras repetições. De novo ele gritou, até mais alto do que antes, e de novo não ouviu nenhum sussurro dos amigos que deixara há pouco tempo. Um terror vago e inominável o dominou, e ele seguiu em frente freneticamente, deixando cair a preciosa caça na sua agitação.

Quando virou a esquina do desfiladeiro, o lugar onde tinha acendido o fogo entrou bem no seu campo de visão. Ainda havia ali uma pilha de cinzas em brasa, mas evidentemente o fogo não fora cuidado desde a sua partida. O mesmo silêncio mortal ainda reinava por tudo. Com o medo transformado em convicção, ele avançou correndo. Não havia nenhuma criatura viva perto dos restos do fogo: animais, homem, jovem, todos tinham desaparecido. Era extremamente claro que um desastre terrível e repentino ocorrera durante a sua ausência, um desastre que os atingira a todos, mas não deixara vestígios atrás de si.

Desnorteado e aturdido por esse golpe, Jefferson Hope sentiu sua cabeça rodar e teve de se apoiar em seu rifle para não cair. Mas ele era essencialmente um homem de ação e logo se recuperou de sua temporária impotência. Pegando um pedaço de madeira meio queimado do fogo em brasa, soprou sobre o pau até criar uma chama, e então passou a examinar o pequeno acampamento com a sua ajuda. O chão estava todo marcado pelas patas de cavalos, revelando que um grande grupo de homens a cavalo tinha alcançado os fugitivos, e a direção de seus rastros mostrava que tinham mais tarde retornado a Salt Lake City. Teriam levado de volta seus dois companheiros? Jefferson Hope quase se convenceu de que era isso o que devia ter acontecido, quando o seu olhar caiu sobre um objeto que fez todos os seus nervos se arrepiarem. Um pouco afastado, num dos lados do acampamento, via-se um monte baixo de terra avermelhada, que certamente não estivera ali antes. Não havia como não reconhecer que se tratava de uma sepultura recém-cavada. Quando o jovem caçador se aproximou, percebeu que uma vara fora plantada sobre o monte, com uma folha de papel presa no seu forcado. A inscrição no papel era breve, mas precisa:

> JOHN FERRIER
> Ex-morador de Salt Lake City
> Morreu em 4 de agosto

Desaparecera o velho forte, a quem deixara há tão pouco tempo, e este era o seu epitáfio. Jefferson Hope olhou desvairado ao redor para ver se havia uma segunda sepultura, mas não havia sinal de nenhuma outra. Lucy fora levada de volta pelos seus terríveis perseguidores para cumprir o seu destino original, tornar-se uma das mulheres do harém do filho do ancião. Quando o jovem compreendeu a certeza desse destino, e a sua impotência para impedi-lo, desejou que ele também estivesse deitado com o velho fazendeiro no seu último lugar de descanso silencioso.

Porém, novamente seu espírito ativo sacudiu a letargia que nasce do desespero. Se nada mais havia para ele, podia pelo menos dedicar a sua vida à vingança. Com paciência e perseverança indômitas, Jefferson Hope possuía também o poder de um caráter vingativo inflexível, o que talvez tivesse aprendido dos índios entre os quais vivera. De pé perto do fogo quase extinto, sentia que a única coisa que poderia mitigar a sua dor seria a punição cabal, imposta pelas próprias mãos a seus inimigos. Sua vontade forte e sua energia inesgotável deveriam ser dedicadas a esse único fim, determinou. Com uma face branca e sombria, voltou sobre seus passos até onde deixara cair a caça, e tendo avivado o fogo em brasa, cozinhou o bastante para alguns dias. Fez uma trouxa com a comida e, apesar do cansaço, começou o caminho de volta pelas montanhas seguindo o rastro dos anjos vingadores.

Por cinco dias avançou com dificuldade, com os pés doloridos e cansados, pelos desfiladeiros que já tinha atravessado a cavalo. À noite jogava-se entre as pedras e tirava umas horas de sono. Mas antes do amanhecer já estava de novo a caminho. No sexto dia, alcançou o cânion da Águia, de onde tinham começado a sua malfadada fuga. Dali podia ver lá embaixo a terra dos Santos. Cansado e exausto, apoiou-se sobre o rifle e brandiu ferozmente a mão esquálida contra a cidade silenciosa espalhada no vale abaixo. Enquanto olhava, observou que havia bandeiras em algumas das ruas principais, além de outros sinais de festividade. Ainda estava imaginando o que isso poderia significar, quando ouviu o ruído de cascos de cavalo e viu um homem montado vir na sua direção. Quando chegou perto, o jovem reconheceu nele um mórmon chamado Cowper, a quem prestara serviços em várias épocas. Por isso o abordou, quando o cavaleiro chegou perto, com o intuito de descobrir qual tinha sido o destino de Lucy Ferrier.

– Sou Jefferson Hope – disse. – Você deve se lembrar de mim.

O mórmon olhou para ele com indisfarçado espanto. Na verdade, era difícil reconhecer nesse andarilho esfarrapado e desgrenhado, com uma face horrivelmente branca e olhos ferozes, o elegante caçador de outros tempos. Mas tendo por fim se certificado de sua identidade, a surpresa do homem se transformou em consternação.

– Você é louco de vir até aqui – gritou. – Corro risco de vida, se me virem falando com você. Os Quatro Sagrados emitiram um mandado de prisão contra você por ter ajudado os Ferrier a fugir.

– Não tenho medo deles, nem de seu mandado de prisão – disse Hope sinceramente. – Você deve saber alguma coisa dessa história, Cowper. Eu lhe peço por tudo que lhe seja caro que me responda algumas perguntas. Sempre fomos amigos. Pelo amor de Deus, não me recuse as respostas.

– O que é? – perguntou o mórmon pouco à vontade. – Rápido. As pedras têm ouvidos e as árvores têm olhos.

– O que aconteceu a Lucy Ferrier?

– Ela se casou ontem com o jovem Drebber. Firme, homem, firme. Quase não tem mais vida em você.

– Não se importe comigo – disse Hope fracamente. Ele estava branco até nos lábios, e se deixara cair sobre a pedra contra a qual estivera apoiado. – Você disse casada?

– Casou-se ontem, essa é a razão de todas aquelas bandeiras na *Endowment House*. Houve uma discussão entre o jovem Drebber e o jovem Stangerson sobre quem deveria se casar com a moça. Os dois participaram do grupo que os perseguiu, mas foi Stangerson que matou o pai, o que parecia transformá-lo no melhor pretendente. Mas, quando discutiram a questão no conselho, o grupo de Drebber foi mais forte, por isso o profeta lhe concedeu a moça. Mas ninguém vai tê-la por muito tempo, pois vi morte na sua face ontem. Ela mais parece um fantasma que uma mulher. Está de partida?

– Sim, estou de partida – disse Jefferson Hope, que se levantara da pedra. A sua face poderia ter sido talhada em mármore, tão dura e decidida era a sua expressão, enquanto os olhos brilhavam com uma luz funesta.

– Para onde está indo?

– Não importa – respondeu. E jogando a arma sobre o ombro, partiu pela garganta e se embrenhou no coração das montanhas até os antros dos animais selvagens. Entre todos eles, não havia nenhum tão feroz e perigoso quanto ele próprio.

A predição do mórmon se cumpriu. Fosse a morte terrível do pai ou os efeitos do casamento odioso a que fora forçada, a pobre Lucy nunca mais levantou a cabeça, mas definhou e morreu no espaço de um mês. O marido beberrão, que se casara com ela principalmente por causa das propriedades de John Ferrier, não aparentou sentir nenhum grande sofrimento com a sua perda, mas as outras mulheres do harém choraram a sua morte e a velaram na noite antes do enterro, conforme o costume mórmon. Estavam agrupadas ao redor do esquife nas primeiras horas da manhã, quando, para seu inexprimível medo e espanto, a porta se abriu e um homem de aparência selvagem e crestada, as roupas em farrapos, entrou na sala. Sem um olhar, nem uma palavra para as mulheres amedrontadas, foi até a figura branca silenciosa que outrora encerrara a alma pura de Lucy Ferrier. Inclinando-se sobre ela, pressionou os lábios com reverência sobre a testa fria, e depois, pegando a mão, tirou a aliança do dedo.

– Ela não vai ser enterrada com isso – gritou com uma rosnadela feroz, e antes que o alarme pudesse soar, desceu a escada aos pulos e desapareceu. Tão estranho e breve foi o episódio que os presentes talvez tivessem experimentado certa dificuldade em acreditar no que viram ou em persuadir as outras pessoas da veracidade do seu relato, não fosse o fato inegável de que a aliança de ouro, que indicava a condição de noiva da morta, desaparecera.

Durante alguns meses, Jefferson Hope se demorou entre as montanhas, levando uma estranha vida selvagem e nutrindo em seu coração o desejo violento de vingança que o possuía. Contavam-se histórias na cidade sobre a figura estranha que era vista rondando os subúrbios e que frequentava as gargantas solitárias das montanhas. Certa vez uma bala passou assobiando pela janela de Stangerson e se achatou sobre a parede a uns trinta centímetros do próprio. Em outra ocasião, quando passava sob um penhasco, uma grande pedra caiu em cima de Drebber, e ele só escapou de uma morte terrível porque se jogou no chão. Os dois jovens mórmons não tardaram em descobrir a razão desses atentados às suas vidas e lideraram repetidas expedições às montanhas na esperança de capturar ou matar seu inimigo, mas sempre sem sucesso. Então adotaram a precaução de nunca sair sozinhos ou depois do anoitecer, e de ter guardas vigiando as suas casas. Depois de certo tempo, puderam relaxar essas medidas, pois não se ouvia mais falar de seu adversário, que também deixara de ser visto, e eles esperavam que o tempo tivesse amainado o seu desejo de vingança.

Longe disso, o desejo, se é que se pode dizer tal coisa, tinha aumentado. A mente do caçador era de uma natureza dura, inflexível, e a ideia predominante de vingança dele se apoderara tão completamente que não sobrava espaço para nenhuma outra emoção. Mas ele era, acima de tudo, prático. Logo compreendeu que até a sua constituição de ferro não suportaria a tensão incessante a que estava sendo submetida. A exposição às intempéries e a falta de comida saudável estavam minando as suas forças. Se morresse como um cão entre as montanhas, o que seria da sua vingança? E essa morte era certa, se persistisse naquela linha de ação. Sentiu que era fazer o jogo do inimigo, por isso relutantemente retornou às velhas minas de Nevada, para ali recuperar a sua saúde e juntar o dinheiro que lhe permitisse perseguir o seu objetivo sem privações.

A sua intenção fora se ausentar por um ano no máximo, mas uma combinação de circunstâncias imprevistas impediu que deixasse as minas durante quase cinco anos. Ao fim desse período, entretanto, a lembrança das suas afrontas e o seu desejo de vingança eram tão agudos como naquela noite memorável em que se vira ao lado da sepultura de John Ferrier. Disfarçado e com nome falso, retornou a Salt Lake City, sem se preocupar com o que poderia lhe acontecer, desde que conseguisse o que sabia ser justiça. Na cidade descobriu que más notícias o aguardavam. Ocorrera um cisma entre o Povo Eleito uns meses antes, quando alguns dos membros mais jovens tinham se rebelado contra os anciãos, e o resultado fora a secessão de um certo número dos descontentes, que tinham deixado Utah para se tornar pagãos. Entre esses estavam Drebber e Stangerson, e ninguém sabia para onde tinham ido. Boatos diziam que Drebber conseguira converter uma grande parte de suas propriedades em dinheiro e partira rico, enquanto seu companheiro, Stangerson, estava relativamente pobre. Mas não havia nenhuma pista quanto ao seu paradeiro.

Muitos homens, por mais vingativos que fossem, teriam abandonado toda ideia de vingança em face de tais dificuldades, mas Jefferson Hope nunca desanimou nem por um momento. Com o pouco dinheiro que possuía, reunido a custo com os trabalhos que conseguia arrumar, viajou de cidade a cidade nos Estados Unidos em busca de seus inimigos. Saía ano, entrava ano, seu cabelo preto se tornou grisalho, mas ainda assim ele continuava a perambular, um cão de caça humano, com a mente fixa no único objetivo a que dedicara toda a sua vida. Por fim, a sua perseverança foi recompensada. Foi apenas o vislumbre de um rosto numa janela, mas aquele único vislumbre lhe informou que Cleveland em Ohio continha os homens que estava perseguindo. Retornou a seu quarto miserável com seu plano de vingança todo arquitetado. Aconteceu, entretanto, que Drebber, olhando da janela, reconhecera o vadio na rua e lera assassinato em seus olhos. Apressou-se a se apresentar perante um juiz da paz, acompanhado de Stangerson, que se tornara seu secretário particular, para notificar que estavam em perigo de vida por causa do ciúme e ódio de um antigo rival. Naquela noite Jefferson Hope foi preso, e não podendo encontrar quem lhe prestasse fiança, ficou detido por algumas semanas. Quando por fim o liberaram, foi só para descobrir que a casa de Drebber estava deserta, e que ele e seu secretário tinham partido para a Europa.

Mais uma vez o vingador fora derrotado, e mais uma vez o seu ódio concentrado o levou a continuar a perseguição. Faltava-lhe o dinheiro, entretanto, e por algum tempo ele teve de voltar a trabalhar, poupando cada dólar para a sua próxima viagem. Por fim, tendo conseguido o bastante para mantê-lo vivo, partiu para a Europa e seguiu seus inimigos de cidade em cidade, sustentando-se com qualquer trabalho subalterno, mas sem jamais alcançar os fugitivos. Quando chegou a São Petersburgo, eles tinham partido para Paris, e quando os seguiu até essa cidade, ficou sabendo que acabavam de partir para Copenhague. Na capital dinamarquesa, estava de novo alguns dias atrasado, pois eles tinham continuado a viagem para Londres, onde ele finalmente conseguiu encontrá-los. Quanto ao que ali ocorreu, o melhor que podemos fazer é citar o próprio relato do velho caçador, como está devidamente registrado no diário do dr. Watson, a quem já devemos tantos favores.

Capítulo 6

Continuação das reminiscências de John Watson MD

A resistência furiosa de nosso prisioneiro aparentemente não indicava nenhuma ferocidade contra nós, pois, ao se ver impotente, sorriu de modo afável e expressou a esperança de que não tivesse machucado nenhum de nós no tumulto.

– Acho que você vai me levar para um posto de polícia – observou a Sherlock Holmes. – O meu carro está lá embaixo. Se libertar as minhas pernas, posso ir caminhando. Já não sou mais tão leve para ser carregado.

Gregson e Lestrade trocaram olhares, como se achassem essa proposta um tanto ousada, mas Holmes imediatamente acreditou na palavra do prisioneiro e soltou a toalha que amarrara ao redor dos seus tornozelos. Ele se levantou e esticou as pernas, como se quisesse se certificar de que estavam novamente livres. Lembro-me de ter pensado com os meus botões, ao fitá-lo, que raramente vira um homem de constituição tão forte. E seu rosto moreno e bronzeado tinha uma expressão de determinação e energia tão formidável quanto a sua força física.

– Se há uma vaga para chefe de polícia, acho que você é o homem certo para o cargo – disse, fitando com indisfarçada admiração meu companheiro. – O modo como seguiu meu rastro foi incrível.

– É melhor virem comigo, cavalheiros – disse Holmes aos dois detetives.

– Posso dirigir o carro – disse Lestrade.

– Ótimo, e Gregson pode vir dentro comigo. Venha também, doutor. Você se interessou pelo caso, acho melhor vir junto.

Consenti alegremente, e todos descemos juntos. O nosso prisioneiro não fez nenhuma tentativa de escapar, mas entrou calmamente no carro que fora seu, e nós o seguimos. Lestrade subiu na boleia, chicoteou o cavalo e nos levou em pouco tempo ao nosso destino. Fomos introduzidos numa pequena câmara, onde um inspetor de polícia anotou o nome de nosso prisioneiro e os nomes dos homens de cujo assassinato era acusado. O oficial era um homem de rosto branco e frio, que cumpria o seu dever de forma mecânica e monótona.

– O prisioneiro será apresentado perante os magistrados durante esta semana – disse. – Enquanto isso, sr. Jefferson Hope, tem alguma coisa a dizer? Devo alertá-lo que as suas palavras serão anotadas e poderão ser usadas contra você.

– Tenho muito a dizer – disse nosso prisioneiro lentamente. – Quero lhes contar toda a história, cavalheiros.

– Não é melhor guardá-la para o julgamento? – perguntou o inspetor.

– Eu talvez nunca seja julgado – ele respondeu. – Não precisa me olhar assustado. Não estou pensando em me suicidar. Você é médico? – Virou seus olhos escuros e impetuosos para mim, quando fez essa última pergunta.

— Sim, sou — respondi.

— Então ponha a mão aqui — disse com um sorriso, apontando seu peito com os pulsos algemados.

Obedeci e percebi imediatamente a extraordinária pulsação e comoção que ocorria lá dentro. As paredes de seu tórax pareciam vibrar e estremecer, assim como faria uma construção frágil dentro da qual funcionasse uma poderosa máquina. No silêncio da sala, conseguia escutar um zumbido surdo que provinha da mesma fonte.

— Oh — gritei — você tem um aneurisma na aorta!

— É o nome que lhe dão — disse ele placidamente. — Fui ao médico semana passada por causa disso, e ele me disse que deve estourar em poucos dias. Está piorando há anos. Contraí essa doença por ter me exposto demais às intempéries e me alimentado mal entre as montanhas de Salt Lake. Já cumpri o meu dever agora, e não me importa se vou morrer em breve, mas gostaria de deixar um relato de toda a história. Não quero ser lembrado como um assassino comum.

O inspetor e os dois detetives tiveram uma discussão apressada sobre a conveniência de permitir que contasse a sua história.

— Você acha, doutor, que o perigo é iminente? — perguntou o inspetor.

— Com toda a certeza — respondi.

— Nesse caso, é claramente nosso dever, no interesse da justiça, tomar a sua declaração — disse o inspetor. — Tem toda a liberdade, senhor, de nos dar a sua narrativa, que, novamente aviso, será anotada.

— Com a sua permissão, vou me sentar – disse o prisioneiro, pondo em prática suas palavras. – Esse meu aneurisma faz com que me canse facilmente, e a briga que tivemos há meia hora não melhorou a situação. Estou à beira da sepultura, e não é provável que vá mentir para vocês. Toda palavra que disser é a mais absoluta verdade, e não me importa como será usada.

Com essas palavras, Jefferson Hope se recostou na cadeira e começou o seguinte relato extraordinário. Ele falava de modo calmo e metódico, como se os acontecimentos que narrava fossem bastante comuns. Posso atestar a exatidão do relato anexo, pois tive acesso ao bloco de anotações de Lestrade, em que as palavras do prisioneiro foram anotadas exatamente como foram pronunciadas.

— A vocês não importa muito a razão pela qual eu odiava esses homens – disse ele. – Basta dizer que eram culpados da morte de dois seres humanos, um pai e uma filha, e que tinham, portanto, perdido o direito a suas vidas. Devido ao período de tempo que se passou desde o seu crime, não foi possível conseguir que fossem condenados num tribunal. Mas eu sabia da sua culpa, e determinei que seria o juiz, o júri e o carrasco, todos juntos numa só pessoa. No meu lugar vocês teriam feito o mesmo, se é que têm alguma virilidade no sangue.

"— Essa moça de quem falei devia ter se casado comigo há vinte anos. Foi forçada a se casar com esse Drebber, o que lhe cortou o coração. Tirei a aliança de casamento do seu dedo já morto, e jurei que os olhos moribundos do assassino recairiam sobre esse anel, e que seus últimos pensamentos seriam a respeito do crime pelo qual estava sendo punido. Eu o tenho carregado comigo por toda parte, e segui o assassino e seu cúmplice através de dois continentes antes de pegá-los. Eles achavam que iam me vencer no cansaço, mas não conseguiram. Se eu morrer amanhã, como é bastante provável, morro sabendo que minha missão está cumprida neste mundo, e muito bem cumprida. Os dois morreram pela minha mão. Não há mais nada que eu deseje, nem tenho mais nenhuma esperança.

"– Eles eram ricos e eu era pobre, por isso não foi fácil segui-los. Quando cheguei a Londres, meus bolsos estavam quase vazios, e vi que tinha que arrumar algum trabalho para me sustentar. Dirigir carros e montar a cavalo são atos tão naturais para mim quanto caminhar, por isso me ofereci no escritório de um proprietário de carros de aluguel, e logo estava empregado. Eu devia entregar uma certa quantia por semana ao proprietário, e o que sobrasse podia guardar para mim. Raramente sobrava muita coisa, mas dei um jeito de sobreviver. O mais difícil era me orientar pelas ruas, pois acho que de todos os labirintos já criados, esta cidade é o mais confuso. Mas eu tinha um mapa ao meu lado, e quando localizei os principais hotéis e estações, me dei bastante bem.

"– Demorou algum tempo para eu descobrir onde os meus dois cavalheiros estavam morando, mas investiguei e investiguei até finalmente encontrá-los. Estavam numa pensão em Camberwell, no outro lado do rio. Quando os descobri, sabia que estavam à minha mercê. Eu deixara crescer a barba, e não havia possibilidade de eles me reconhecerem. Eu os perseguiria até encontrar a minha oportunidade. Estava determinado a não deixá-los escapar desta vez.

"– Apesar disso, quase escaparam. Fossem aonde fossem em Londres, eu estava sempre no seu encalço. Ora os seguia com meu carro de aluguel, ora a pé, mas o carro era a melhor maneira, porque então não podiam se livrar de mim. Era só de manhã bem cedo ou tarde da noite que eu podia ganhar alguma coisa, por isso comecei a ficar em dívida com meu patrão. Mas não me importava, desde que pudesse pôr as mãos nos homens que procurava.

"– Mas eles eram muito astuciosos. Deviam achar que havia alguma possibilidade de serem seguidos, pois nunca saíam sozinhos e jamais depois do cair da noite. Durante duas semanas, eu os persegui com o carro todos os dias, mas nem uma vez os vi separados. O próprio Drebber estava quase sempre bêbado, mas Stangerson não cochilava em serviço. Eu os vigiei tarde e cedo, mas nunca vi nem a sombra de uma chance. Porém, não desanimava, pois algo me dizia que era chegada a hora. O meu único receio era que essa coisa no meu peito arrebentasse um pouco cedo demais e eu não pudesse cumprir minha missão.

"– Por fim, certa tarde estava andando com o meu carro para cima e para baixo em Torquay

Terrace, como era chamada a rua em que estavam hospedados, quando vi um carro de aluguel parar à sua porta. Algumas malas foram levadas para o carro, depois de algum tempo Drebber e Stangerson as seguiram, e o carro partiu. Chicoteei o meu cavalo e não os perdi de vista, sentindo-me pouco à vontade, pois temia que fossem mudar de lugar. Em Euston Station desceram do carro, e eu deixei um menino segurando o meu cavalo e os segui até a plataforma. Ouvi quando perguntaram pelo trem de Liverpool, e o guarda respondeu que um já tinha partido e só haveria outro dali a algumas horas. Stangerson parecia desconcertado com esse imprevisto, mas Drebber estava mais satisfeito do que chateado. Consegui chegar tão perto deles no meio da agitação que escutei todas as palavras que trocaram entre si. Drebber disse que tinha de tratar de um assunto seu e que, se o outro esperasse, estaria de volta em pouco tempo. O seu companheiro protestou e lembrou que tinham resolvido ficar sempre juntos. Drebber respondeu que a questão era delicada e que precisava ir sozinho. Não consegui ouvir a resposta de Stangerson, mas o outro começou a praguejar aos berros, lembrando que ele nada mais era que seu criado e que não devia se atrever a lhe dar ordens. Com isso o secretário deu o caso por perdido, e simplesmente barganhou com o companheiro que se ele perdesse o último trem, os dois deveriam se encontrar em Halliday's Private Hotel, ao que Drebber respondeu que estaria de volta à plataforma antes das onze, e saiu da estação.

"– O momento que eu esperara há tanto tempo finalmente chegara. Eu tinha os meus inimigos em meu poder. Juntos eles podiam se proteger um ao outro, mas separados estavam à minha mercê. Não agi, entretanto, com precipitação indevida. Os meus planos já estavam formados. Não há satisfação na vingança, a menos que o ofensor tenha tempo de perceber quem o está atacando e por que a punição caiu sobre ele. Eu tinha armado planos que fariam com que o homem que me ofendera compreendesse que fora atingido pelo seu antigo pecado. Alguns dias antes, um cavalheiro que fora encarregado de examinar algumas casas em Brixton Road deixara cair por acaso a chave de uma das casas no meu carro. A chave foi reclamada naquela mesma tarde e devolvida, mas no intervalo eu tirara o seu molde e mandara fazer uma duplicata. Com isso tinha acesso a pelo menos um lugar nesta grande cidade, onde podia confiar que não seria interrompido. Como conseguir levar Drebber para aquela casa era o problema difícil que tinha de resolver.

"– Ele desceu a rua e entrou em um ou dois bares, ficando quase meia hora no último. Quando saiu, cambaleava ao caminhar. Estava evidentemente bastante bêbado. Havia um cabriolé bem na minha frente e ele o chamou. Eu o segui tão de perto que o focinho de meu cavalo ficou a um metro de seu cocheiro durante todo o tempo. Atravessamos chocalhando a Waterloo Bridge e quilômetros de ruas até que, para meu espanto, nos vimos de volta à pensão em que tinha se hospedado. Não podia imaginar qual era a sua intenção em voltar a esse lugar, mas continuei meu caminho e parei o carro a uns cem metros da casa. Ele entrou, e o seu cabriolé foi embora. Me deem um copo d'água, faz favor. A minha boca está ficando seca de tanto falar."

Eu lhe passei o copo, e ele bebeu a água.

– Assim está melhor – disse. – Bem, esperei uns quinze minutos ou mais, quando de repente se ouviu um barulho como de pessoas brigando dentro da casa. No momento seguinte, a porta se abriu de repente e dois homens apareceram, um dos quais era Drebber e o outro era um jovem que nunca vira antes. Esse sujeito trazia Drebber preso pelo colarinho, e quando chegaram ao topo da escada, ele lhe deu um empurrão e um pontapé que o mandaram voando para o meio da rua. "Cachorro!", gritou, sacudindo um pedaço de pau contra o outro. "Vou lhe ensinar a insultar uma garota honesta!" Estava tão furioso que acho que teria despedaçado Drebber com seu pedaço de pau, se o cachorro não tivesse descido a rua cambaleando, tão rápido quanto lhe permitiam as pernas. Correu até a esquina e então, vendo o meu carro de aluguel, me chamou e pulou para dentro do carro. "Leve-me a Halliday's Private Hotel", disse ele.

"– Quando o vi bem dentro do meu carro, meu coração deu um tal pulo de alegria que receei que nesse último momento o meu aneurisma estourasse. Fiz o carro andar lentamente, ponderando a melhor medida a tomar. Poderia levá-lo a um lugar bem distante no campo, e ali numa alameda deserta ter a minha última entrevista com ele. Já tinha quase decidido esse caminho, quando ele me resolveu o problema. A compulsão pela bebida se apoderara dele novamente, e recebi ordens de parar na frente de um bar onde vendiam gim. Ele entrou, mandando que eu o esperasse. Ali permaneceu até a hora de fechar e, quando saiu, estava tão bêbado que compreendi que a caça estava nas minhas mãos.

"– Não imaginem que eu tivesse a intenção de matá-lo a sangue frio. Teria sido a mais estrita justiça, se o tivesse feito, mas não tive coragem de tomar essa atitude. Determinara há muito tempo que ele deveria ter uma chance de salvar a sua vida, se quisesse fazer uso dela. Entre os muitos empregos que tive na América durante a minha vida errante, fui certa vez zelador e faxineiro do laboratório em York College. Certo dia o professor estava dando uma aula sobre venenos, e mostrou a seus alunos um alcaloide, era assim que o chamava, que extraíra de uma flecha envenenada sul-americana, e que era tão poderoso que o menor grão significava morte instantânea. Localizei a garrafa em que esse veneno era guardado, e quando não havia mais ninguém por perto, roubei um pouco do seu conteúdo. Era um manipulador bastante bom, por isso transformei esse alcaloide em pequenas pílulas solúveis, e coloquei cada uma das pílulas numa caixinha com outra pílula semelhante feita sem o veneno. Decidi na época que, quando tivesse a oportunidade, os meus cavalheiros tirariam, cada um por sua vez, uma das pílulas dessas caixas, enquanto eu tomaria a restante. Seria tão mortal e bem menos barulhento que atirar à queima-roupa. Daquele dia em diante, sempre levei as caixas de pílulas comigo, e agora finalmente chegara a hora em que iria usá-las.

"– Já passava da meia hora da madrugada, e a noite estava sombria e tempestuosa, com vento forte e chuva torrencial. Por mais lúgubre que estivesse a natureza, eu estava feliz no coração, tão feliz que podia ter gritado de pura alegria. Se algum de vocês, cavalheiros, já ansiou por alguma coisa, desejou-a durante vinte longos anos, e então repentinamente a descobriu ao seu alcance, compreenderia os meus sentimentos. Acendi um charuto e dei umas baforadas para acalmar os nervos, mas as minhas mãos estavam tremendo e minhas têmporas latejando de excitação. Enquanto dirigia o carro, via o velho John Ferrier e a doce Lucy me olhando na escuridão e sorrindo para mim, tão nitidamente como eu os vejo a todos nesta sala. Durante todo o caminho eles se mantiveram na minha frente, um de cada lado do cavalo, até que parei diante da casa em Brixton Road.

"– Não se via uma única alma, nem se escutava nenhum ruído a não ser o pingar da chuva. Quando olhei pela janela, vi Drebber todo encolhido dentro do carro num sono de bêbado. Eu o sacudi pelo braço. 'É hora de sair', disse. 'Tudo bem, cocheiro', disse ele.

"– Acho que ele pensou que tivéssemos chegado ao hotel de que falara, pois saiu sem dizer palavra e me seguiu pelo jardim. Tive de caminhar ao seu lado para mantê-lo firme, pois ele ainda estava um pouco instável. Quando chegamos à porta, eu a abri e o introduzi na sala da frente. Dou a minha palavra que durante todo o caminho o pai e a filha caminhavam à nossa frente.

"– 'Está infernalmente escuro', disse ele, pisando ao redor.

"– 'Logo teremos luz', disse eu, acendendo um fósforo e aproximando-o de uma vela de cera que trouxera comigo. 'Agora, Enoch Drebber,' continuei, virando-me para ele, e segurando a luz diante de meu rosto, 'quem sou eu?'

"– Ele me fitou com os olhos bêbados e turvos por um momento, e depois vi o horror brotar neles e contorcer as suas feições, o que me revelou que me reconhecera. Recuou cambaleando com a face lívida, e vi o suor irromper sobre a sua testa, enquanto os dentes chocalhavam na sua cabeça. À vista disso, me recostei contra a porta e ri bem alto e por muito tempo. Sempre soubera que a vingança seria doce, mas nunca esperara ter a alegria de alma que então me possuía.

"– 'Cachorro!', disse. 'Cacei você desde Salt Lake City até São Petersburgo, e você sempre me escapou. Agora, suas andanças finalmente terminaram, pois um de nós não verá o sol nascer amanhã.' Ele se encolheu ainda mais para longe enquanto eu falava, e vi na expressão da sua face que ele achava que eu estava louco. Eu estava mesmo louco naquele momento. As pulsações nas minhas têmporas batiam como malhos, e acredito que teria tido algum tipo de ataque, se o sangue não tivesse jorrado do meu nariz e me aliviado.

"– 'O que me diz de Lucy Ferrier agora?', gritei, trancando a porta e sacudindo a chave diante de seu rosto. 'O castigo tardou, mas chegou por fim.' Vi os lábios covardes tremerem a essas palavras. Ele teria implorado pela sua vida, se não soubesse muito bem que seria inútil.

"– 'Você vai me matar?', gaguejou.

"– 'Nada de assassinato', respondi. 'Quem mataria um cachorro louco? Que piedade você teve para com a minha pobre querida, quando a arrancou do pai massacrado e a levou para o seu maldito e vergonhoso harém?'

"– 'Não fui eu que matei o seu pai', ele gritou.

"– 'Mas foi você que despedaçou o seu coração inocente', gritei jogando a caixa na sua direção. 'Que o Santo Deus nos julgue. Tire uma das pílulas e engula. Há morte numa das pílulas, e vida na outra. Eu tomarei a que você deixar. Vamos ver se há justiça sobre a terra, ou se somos governados pelo mero acaso.'

"– Ele se afastou acovardado com gritos selvagens e súplicas de piedade, mas puxei minha faca e a encostei na sua garganta até ele me obedecer. Depois engoli a outra pílula, e ficamos nos fitando em silêncio por um minuto ou mais, esperando para ver quem devia viver e quem devia morrer. Será que um dia vou esquecer a expressão que tomou conta do seu rosto, quando as primeiras dores de alerta lhe avisaram que o veneno estava no seu sistema?

Ri quando vi esses sinais, e ergui a aliança de Lucy diante de seus olhos. Foi apenas um momento, pois a ação do alcaloide é rápida. Um espasmo de dor contorceu as suas feições, ele jogou as mãos para frente, cambaleou e depois, com um grito rouco, caiu pesadamente no chão. Eu o virei com o pé, e coloquei a mão sobre o seu coração. Não havia batimentos. Ele estava morto!

"– O sangue continuava a jorrar do meu nariz, mas eu nem me dera conta. Não sei o que foi que me levou a ter a ideia de escrever na parede com o sangue. Talvez fosse a intenção maliciosa de pôr a polícia numa pista errada, pois eu me sentia de coração leve e alegre. Lembrei-me de um alemão que fora encontrado em Nova York com a palavra RACHE escrita acima dele, e de os jornais da época terem afirmado que as sociedades secretas deviam ser responsáveis pelo crime. Achei que o que deixara os nova-iorquinos perplexos também deixaria os londrinos perplexos, por isso mergulhei o dedo no meu próprio sangue e escrevi a palavra num lugar conveniente da parede. Depois caminhei até o carro e vi que não havia ninguém por perto e que a noite ainda estava muito tempestuosa. Já tinha me distanciado um pouco, quando coloquei a mão no bolso em que costumava guardar a aliança de Lucy e dei pela sua falta. Fiquei aterrado, pois era a única lembrança que tinha dela. Pensando que poderia tê-la deixado cair quando me inclinei sobre o corpo de Drebber, voltei atrás e, deixando o carro numa rua lateral, fui audaciosamente até a casa, pois estava pronto a fazer qualquer coisa para não perder o anel. Quando lá cheguei, caí nos braços de um policial que estava saindo da casa, e só consegui abafar as suas suspeitas fingindo estar irremediavelmente bêbado.

"– Foi assim que Enoch Drebber morreu. Faltava fazer o mesmo com Stangerson para saldar a dívida com John Ferrier. Sabia que ele estava em Halliday's Private Hotel e andei por lá durante todo o dia, mas ele não saiu. Acho que suspeitou de alguma coisa quando Drebber deixou de aparecer. Ele era astucioso, esse Stangerson, sempre na defensiva. Mas se achava que poderia me manter à distância ficando dentro de casa, estava muito enganado. Logo descobri qual era a janela do seu quarto, e bem cedo na manhã seguinte aproveitei uma escada de mão que estava no beco atrás do hotel para entrar no seu quarto na penumbra do amanhecer. Eu o acordei e lhe disse que chegara a hora em que ele devia responder pela vida que havia tirado há tanto tempo. Descrevi a morte de Drebber e lhe dei a mesma chance de escolher as pílulas envenenadas. Em vez de agarrar a chance de salvação que eu lhe oferecia, ele pulou da cama e se jogou na minha garganta. Em legítima defesa, esfaqueei seu coração. Teria acontecido o mesmo, pois a providência nunca teria permitido que sua mão culpada não tirasse a pílula envenenada.

"– Não tenho muito mais a dizer, e ainda bem, pois estou quase esgotado. Continuei a trabalhar com o carro de aluguel durante um ou dois dias, e pretendia seguir com esse trabalho até poupar o suficiente para a viagem de volta à América. Estava parado no pátio, quando um menino esfarrapado me perguntou se havia ali um cocheiro chamado Jefferson Hope, e disse que seu carro de aluguel estava sendo requisitado por um cavalheiro em Baker Street, 221B. Sem de nada suspeitar, eu o acompanhei e quando dei por mim, este jovem aqui tinha posto as algemas nos meus pulsos, e tão bem engatadas como jamais vi em minha vida. Esta é toda a minha história, cavalheiros. Vocês podem me considerar um assassino, mas afirmo que sou, tanto quanto vocês, apenas um oficial de justiça."

Tão emocionante havia sido a narrativa do homem, e a sua maneira de falar era tão impressiva, que tínhamos ouvido a história atentos em silêncio. Até os detetives profissionais, *blasé* como eram a respeito dos detalhes dos crimes, pareciam agudamente interessados na história do homem. Quando ele terminou, ficamos sentados por alguns minutos numa imobilidade só interrompida pelo arranhar do lápis de Lestrade que dava os últimos retoques na sua transcrição estenográfica.

– Há apenas um ponto sobre o qual gostaria de ter mais informações – disse Sherlock Holmes por fim. – Quem era o seu cúmplice que veio procurar a aliança em resposta ao meu anúncio?

O prisioneiro piscou para o meu amigo com ar brincalhão.

– Posso lhe contar os meus segredos – disse –, mas não arrumo encrenca para os outros. Vi o seu anúncio e achei que poderia ser uma vigarice ou a aliança que desejava. Meu amigo se ofereceu para ir procurá-la. Acho que você deve reconhecer que o fez de forma muito inteligente.

– Sem dúvida nenhuma – disse Holmes calorosamente.

– Agora, cavalheiros – observou o inspetor seriamente –, as formalidades da lei devem ser cumpridas. Na quinta-feira, o prisioneiro será apresentado perante os magistrados, e a sua presença será necessária. Até lá, ele fica sob minha responsabilidade. – Tocou a campainha enquanto falava, e Jefferson Hope foi levado por dois guardas, enquanto meu amigo e eu saíamos do posto policial e tomávamos um carro de aluguel para voltar a Baker Street.

Capítulo 7

Conclusão

Todos tínhamos recebido o aviso para nos apresentarmos perante os magistrados na quinta-feira, mas quando chegou o dia, já não havia motivo para o nosso testemunho. Um juiz mais alto tomara conta do caso, e Jefferson Hope fora convocado a comparecer perante um tribunal em que lhe seria imposta estrita justiça. Na mesma noite depois de sua captura, o aneurisma rompeu, e ele foi encontrado de manhã estirado sobre o chão da sua cela, com um sorriso plácido sobre o rosto, como se tivesse sido capaz de rever, nos seus últimos momentos, uma vida útil e um trabalho bem feito.

– Gregson e Lestrade vão ficar loucos quando souberem da sua morte – observou Holmes, enquanto tagarelávamos sobre o caso na tarde seguinte. – Como é que vai ficar a sua grande declaração agora?

– Acho que não tiveram muito a ver com a captura do assassino – respondi.

– O que fazemos neste mundo não importa – replicou meu companheiro amargamente. – O importante é aquilo que podemos induzir as pessoas a acreditar que realizamos. Não faz mal – continuou mais alegremente, depois de uma pausa. – Não teria perdido essa investigação por nada deste mundo.

Não tenho lembranças de caso melhor. Por mais simples que fosse, tinha vários pontos muito instrutivos.

– Simples! – exclamei.

– Bem, realmente, não pode ser descrito de outra maneira – disse Sherlock Holmes, sorrindo com a minha surpresa. – A prova de sua intrínseca simplicidade é que, só com a ajuda de algumas deduções muito comuns, fui capaz de pôr as mãos no criminoso em três dias.

– Bem, isso é verdade – disse eu.

– Já lhe expliquei que tudo o que é fora do comum é geralmente mais uma orientação que um estorvo. Ao resolver um problema desse tipo, o principal é ser capaz de raciocinar de trás para frente. É uma façanha muito útil, e bastante fácil, mas as pessoas não a praticam muito. Nas atividades de todos os dias é mais útil raciocinar para a frente, por isso a outra maneira vem a ser negligenciada. Há cinquenta pessoas que sabem raciocinar sinteticamente para uma que sabe raciocinar analiticamente.

– Confesso – disse eu – que não estou compreendendo.

– Não esperava que estivesse. Deixe-me ver se consigo ser mais claro. Se você descrever uma cadeia de acontecimentos, a maioria das pessoas lhe dirá qual será o resultado. Elas sabem reunir os acontecimentos na mente e, baseando-se neles, afirmar que alguma coisa irá acontecer. Diante de um resultado, porém, são poucas as pessoas capazes de elaborar, a partir de sua própria consciência interior, quais foram os passos que levaram a esse resultado. É a esse poder que me refiro quando falo de raciocinar de trás para frente, isto é, analiticamente.

– Compreendo – disse eu.

"– Bem, este era um caso em que o resultado era dado, e todo o resto tínhamos que descobrir por nossa própria conta. Agora vou procurar lhe mostrar os vários passos de meu raciocínio. Vamos começar do princípio. Eu me aproximei da casa, como você sabe, a pé, e com a mente inteiramente livre de qualquer impressão. Comecei naturalmente a examinar a estrada, e ali, como já lhe expliquei, vi as marcas nítidas de um carro de aluguel, que, apurei por indagações, devia ter estado no local durante a noite. Eu me certifiquei de que era um carro de aluguel, e não uma carruagem particular, pelo padrão estreito das rodas. O carro de aluguel comum de Londres é consideravelmente menos largo do que o carro leve de um cavalheiro.

"– Esse foi o primeiro ponto apurado. Depois segui lentamente pelo caminho do jardim, que por acaso era composto de um solo de argila, peculiarmente adequado para guardar impressões. Sem dúvida, esse caminho deve ter lhe parecido uma simples faixa pisoteada de lama, mas para os meus olhos treinados toda marca na sua superfície tinha um significado. Não há nenhum ramo da ciência da dedução que seja tão importante e negligenciado quanto a arte de rastrear pegadas. Felizmente, sempre pus muita ênfase nesse estudo, e muita prática fez com que ele se tornasse uma segunda natureza para mim. Vi as pegadas pesadas dos policiais, mas vi também o rastro dos dois homens que tinham passado primeiro pelo jardim. Era fácil perceber que tinham estado ali antes dos outros, porque em certos lugares as suas marcas já tinham sido inteiramente apagadas pelas outras feitas em cima delas. Dessa maneira consegui formar meu segundo elo, que me dizia que os visitantes noturnos eram dois, um extraordinariamente alto (como calculei pela extensão de seu passo) e o outro elegantemente vestido, a julgar pela pequena e elegante impressão deixada pelas suas botas.

"– Ao entrar na casa, essa última inferência foi confirmada. O homem das botas elegantes jazia na sala diante de mim. O alto, portanto, tinha cometido o assassinato, se é que fora assassinato. Não havia ferimento no corpo do morto, mas a expressão agitada de seu rosto me assegurou que previra seu destino antes de morrer. Os homens que morrem por doença no coração ou qualquer causa natural repentina jamais, em nenhuma circunstância, demonstram agitação nas suas feições. Tendo cheirado os lábios do morto, detectei um aroma levemente amargo, e cheguei à conclusão de que alguém o forçara a tomar veneno. Também achei que fora forçado a tomar o veneno pelo ódio e medo expressos no seu rosto. Foi pelo método da exclusão que cheguei a esse resultado, pois nenhuma outra hipótese correspondia aos fatos. Não imagine que seja uma ideia desconhecida. A administração forçada de veneno não é absolutamente um fato novo nos anais do crime. Os casos de Dolsky em Odessa e de Leturier em Montpellier vêm imediatamente à mente de qualquer toxicólogo.

"– Depois vinha a grande questão quanto ao motivo do crime. O objetivo não fora furto, pois nada fora roubado. Seria política, então, ou seria uma mulher? Essa era a questão que me confrontava. Desde o começo, estava inclinado a acreditar na última suposição. Os assassinos políticos sempre gostam de fazer o seu trabalho e fugir. Ao contrário, esse assassinato fora cometido de forma muito deliberada, e seu autor deixara rastros por toda a sala, que mostravam que ali estivera o tempo todo. Não devia ter sido uma ofensa política, mas uma ofensa particular, uma vez que pedia vingança tão metódica. Quando a inscrição foi descoberta sobre a parede, fiquei mais inclinado do que nunca a adotar essa opinião. A inscrição era evidentemente um subterfúgio para desorientar a polícia. Quando acharam o anel, porém, a questão estava resolvida. Sem dúvida, o assassino o usara para lembrar à sua vítima alguma mulher morta ou ausente. Foi nesse momento que perguntei a Gregson se ele fizera perguntas sobre algum ponto particular da antiga carreira do sr. Drebber em seu telegrama a Cleveland. Ele respondeu, como você deve se lembrar, negativamente.

"– Passei então a examinar cuidadosamente a sala, o que confirmou a minha opinião quanto à altura do assassino e me forneceu detalhes adicionais sobre o charuto Trichinopoly e o comprimento de suas unhas. Como não havia sinais de luta, já chegara à conclusão de que o sangue que cobria o chão jorrara do nariz do assassino na sua excitação. Pude perceber que o rastro de sangue coincidia com o rastro de seus pés. É raro que um homem, a menos que seja muito corado, tenha hemorragia nasal por forte emoção, por isso arrisquei a opinião de que o criminoso era provavelmente um homem robusto e corado. Os acontecimentos provaram que meu julgamento estava correto.

"– Depois de sair da casa, fiz o que Gregson deixara de fazer. Telegrafei ao chefe de polícia em Cleveland, limitando minhas perguntas às circunstâncias relativas ao casamento de Enoch Drebber. A resposta foi conclusiva. Informaram-me que Drebber já solicitara proteção da lei contra um antigo rival amoroso, chamado Jefferson Hope, e que esse mesmo Hope estava no momento na Europa. Sabia então que já tinha a chave do mistério nas minhas mãos, faltava apenas pegar o assassino.

"– Já determinara que o homem que entrara na casa com Drebber não era outro senão o cocheiro do carro de aluguel. As marcas na estrada me mostravam que o cavalo andara à toa, de um modo que teria sido impossível se houvesse alguém tomando conta do carro. Nesse caso, onde é que poderia estar o cocheiro, a não ser no interior da casa? Além disso, é absurdo supor que um homem em sã consciência fosse cometer um crime deliberado sob o olhar de uma terceira pessoa, que certamente o denunciaria. Por fim, supondo-se que um homem quisesse caçar outro em Londres, que melhor providência poderia tomar do que se tornar cocheiro de carro de aluguel? Todas essas considerações me levaram à irresistível conclusão de que Jefferson Hope seria encontrado entre os cocheiros do Metropolis.

"– Se ele fosse cocheiro, não havia razão para acreditar que tivesse deixado de sê-lo. Ao contrário, de seu ponto de vista, qualquer mudança repentina chamaria a atenção para a sua pessoa. Por algum tempo, pelo menos, ele provavelmente continuaria a desempenhar as suas funções. Não havia razão para supor que trabalhasse com outro nome. Por que mudaria de nome num país onde ninguém conhecia o seu nome original? Assim, organizei o meu corpo de detetives entre os meninos de rua, enviando-os sistematicamente a todo proprietário de carros de aluguel em Londres, até que eles desentocaram o homem que eu queria. O modo como eles souberam realizar a tarefa, e a minha rapidez em tirar proveito do seu sucesso, são fatos que ainda devem estar bem nítidos na sua memória. O assassinato de Stangerson foi um incidente inteiramente inesperado, mas que de qualquer modo não poderia ter sido evitado. Por meio desse episódio, como você sabe, pus as mãos nas pílulas, cuja existência já imaginara. Veja, toda a história é uma cadeia de sequências lógicas sem nenhuma interrupção ou falha."

– Maravilhoso! – gritei. – Os seus méritos deviam ser publicamente reconhecidos. Você deveria publicar um relato do caso. Se não o fizer, eu o farei por você.

– Pode fazer o que quiser, doutor – respondeu.
– Veja aqui! – continuou, entregando-me um jornal – leia este artigo!

Era o *Echo* do dia, e o parágrafo que ele apontava se referia ao caso em questão.

"O público", dizia, "perdeu um espetáculo sensacional com a repentina morte do homem Hope, suspeito do assassinato do sr. Enoch Drebber e do sr. Joseph Stangerson. Agora os detalhes do caso provavelmente jamais serão conhecidos, embora saibamos de fonte autorizada que o crime foi resultado de uma rixa antiga e romântica, em que o amor e a seita dos mórmons desempenharam papel relevante. Parece que ambas as vítimas pertenciam, na juventude, aos Santos dos Últimos Dias, e Hope, o falecido prisioneiro, é também de Salt Lake City. Se o caso não tiver outro efeito, vai pelo menos revelar, de forma extraordinária, a eficiência de nossa força policial investigativa, e servirá como uma lição para todos os estrangeiros, indicando que eles farão bem em resolver as suas rixas em casa, em vez de trazê-las para o solo britânico. Não é segredo que o crédito dessa inteligente captura pertence inteiramente aos famosos policiais da Scotland Yard, os srs. Lestrade e Gregson. O homem foi apanhado, ao que parece, na residência de um certo sr. Sherlock Holmes, que, como amador, tem demonstrado algum talento nessa linha investigativa, e que, com tais professores, talvez chegue com o tempo a adquirir um pouco do talento de seus instrutores. Espera-se que os dois oficiais recebam algum tipo de prêmio, um reconhecimento adequado de seus serviços."

– Não lhe disse que isso ia acontecer, quando começamos a examinar o caso? – gritou Sherlock Holmes, rindo. – Esse é o resultado de nosso estudo em vermelho: nós lhes arrumamos um prêmio!

– Não faça caso – respondi. – Tenho todos os fatos no meu diário, e o público vai conhecê-los. Enquanto isso, você deve se contentar com a consciência do sucesso, como o avarento romano:

"Populus me sibilat, at mihi plaudo
*Ipse domi simul ac nummos contemplor in arca."**

---

* "O povo me vaia, mas eu me alegro / Quando em casa contemplo as moedas na arca." (N.T.)

Coleção L&PM POCKET (Lançamentos mais recentes)

245. **Morte por afogamento e outras histórias** – Agatha Christie
246. **Assassinato no Comitê Central** – Manuel Vázquez Montalbán
247. **O papai é pop** – Marcos Piangers
248. **O papai é pop 2** – Marcos Piangers
249. **A mamãe é rock** – Ana Cardoso
250. **Paris boêmia** – Dan Franck
251. **Paris libertária** – Dan Franck
252. **Paris ocupada** – Dan Franck
253. **Uma anedota infame** – Dostoiévski
254. **O último dia de um condenado** – Victor Hugo
255. **Nem só de caviar vive o homem** – J.M. Simmel
256. **Amanhã é outro dia** – J.M. Simmel
257. **Mulherzinhas** – Louisa May Alcott
258. **Reforma Protestante** – Peter Marshall
259. **História econômica global** – Robert C. Allen
260(33). **Che Guevara** – Alain Foix
261. **Câncer** – Nicholas James
262. **Akhenaton** – Agatha Christie
263. **Aforismos para a sabedoria de vida** – Arthur Schopenhauer
264. **Uma história do mundo** – David Coimbra
265. **Ame e não sofra** – Walter Riso
266. **Desapegue-se!** – Walter Riso
267. **Os Sousa: Uma família do barulho** – Mauricio de Sousa
268. **Nico Demo: O rei da travessura** – Mauricio de Sousa
269. **Testemunha de acusação e outras peças** – Agatha Christie
270(34). **Dostoiévski** – Virgil Tanase
271. **O melhor de Hagar 8** – Dik Browne
272. **O melhor de Hagar 9** – Dik Browne
273. **O melhor de Hagar 10** – Dik e Chris Browne
274. **Considerações sobre o governo representativo** – John Stuart Mill
275. **O homem Moisés e a religião monoteísta** – Freud
276. **Inibição, sintoma e medo** – Freud
277. **Além do princípio do prazer** – Freud
278. **O direito de dizer não!** – Walter Riso
279. **A arte de ser flexível** – Walter Riso
280. **Casados e descasados** – August Strindberg
281. **Da Terra à Lua** – Júlio Verne
282. **Minhas galerias e meus pintores** – Kahnweiler
283. **A arte do romance** – Virginia Woolf
284. **Teatro completo v. 1: As aves da noite** *seguido de* **O visitante** – Hilda Hilst
285. **Teatro completo v. 2: O verdugo** *seguido de* **A morte do patriarca** – Hilda Hilst
286. **Teatro completo v. 3: O rato no muro** *seguido de* **Auto da barca do Camiri** – Hilda Hilst
287. **Teatro completo v. 4: A empresa** *seguido de* **O novo sistema** – Hilda Hilst
289. **Fora de mim** – Martha Medeiros
290. **Divã** – Martha Medeiros
1291. **Sobre a genealogia da moral: um escrito polêmico** – Nietzsche
1292. **A consciência de Zeno** – Italo Svevo
1293. **Células-tronco** – Jonathan Slack
1294. **O fim do ciúme e outros contos** – Proust
1295. **A jangada** – Júlio Verne
1296. **A ilha do dr. Moreau** – H.G. Wells
1297. **Ninho de fidalgos** – Ivan Turguêniev
1298. **Jane Eyre** – Charlotte Brontë
1299. **Sobre gatos** – Bukowski
1300. **Sobre o amor** – Bukowski
1301. **Escrever para não enlouquecer** – Bukowski
1302. **222 receitas** – J. A. Pinheiro Machado
1303. **Reinações de Narizinho** – Monteiro Lobato
1304. **O Saci** – Monteiro Lobato
1305. **Memórias da Emília** – Monteiro Lobato
1306. **O Picapau Amarelo** – Monteiro Lobato
1307. **A reforma da Natureza** – Monteiro Lobato
1308. **Fábulas** *seguido de* **Histórias diversas** – Monteiro Lobato
1309. **Aventuras de Hans Staden** – Monteiro Lobato
1310. **Peter Pan** – Monteiro Lobato
1311. **Dom Quixote das crianças** – Monteiro Lobato
1312. **O Minotauro** – Monteiro Lobato
1313. **Um quarto só seu** – Virginia Woolf
1314. **Sonetos** – Shakespeare
1315(35). **Thoreau** – Marie Berthoumieu e Laura El Makki
1316. **Teoria da arte** – Cynthia Freeland
1317. **A arte da prudência** – Baltasar Gracián
1318. **O louco** *seguido de* **Areia e espuma** – Khalil Gibran
1319. **O profeta** *seguido de* **O jardim do profeta** – Khalil Gibran
1320. **Jesus, o Filho do Homem** – Khalil Gibran
1321. **A luta** – Norman Mailer
1322. **Sobre o sofrimento do mundo e outros ensaios** – Schopenhauer
1323. **Epidemiologia** – Rodolfo Saracci
1324. **Japão moderno** – Christopher Goto-Jones
1325. **A arte da meditação** – Matthieu Ricard
1326. **O adversário secreto** – Agatha Christie
1327. **Pollyanna** – Eleanor H. Porter
1328. **Espelhos** – Eduardo Galeano
1329. **A Vênus das peles** – Sacher-Masoch
1330. **O 18 de brumário de Luís Bonaparte** – Karl Marx
1331. **Um jogo para os vivos** – Patricia Highsmith
1332. **A tristeza pode esperar** – J.J. Camargo
1333. **Vinte poemas de amor e uma canção desesperada** – Pablo Neruda
1334. **Judaísmo** – Norman Solomon
1335. **Esquizofrenia** – Christopher Frith & Eve Johnstone
1336. **Seis personagens em busca de um autor** – Luigi Pirandello
1337. **A Fazenda dos Animais** – George Orwell

lepmeditores
www.lpm.com.br
o site que conta tudo

IMPRESSÃO:

PALLOTTI
GRÁFICA

Santa Maria - RS | Fone: (55) 3220.4500
www.graficapallotti.com.br